鲜花感恩雨露的滋润，

苍鹰感恩蓝天的壮阔，

大地感恩春光的芬芳……

一句问候，一点关爱，一个笑容……

你的感恩，请从这里开始。

# 感恩父母

## 令中国学生感动一生的亲情颂歌

*The family-love songs will move us*

*deeply for ever*

总策划/邢 涛 主编/龚 勋

汕頭大學出版社

# 序言/FOREWORD

感恩是一种做人的基本道德准则，是一种为人处世的哲学，也是一种生活中的大智慧。感恩教育的内涵十分丰富，包括：感恩无私的父母，感恩朝夕相处的朋友，感恩诲人不倦的老师，感恩给予自己温暖的亲人，感恩发人深思的生活，感恩激励一生的青春岁月……

这套"感恩阅读书系"是为同学们量身定做的一套课外读物，书中所选故事风格清新隽永、真挚感人，能触动同学们心中最柔软的角落，激发大家的感恩意识。同学们拥有了感恩之心，就会对他人充满爱心，也就拥有了做一个高尚的人的思想基础。此外，这套书还有一个特色，那就是文后附有"写作技巧"，因此，同学们在阅读美文的同时，还能从文后的"写作技巧"受到点拨，提高自己的作文水平。

愿这套书能将感恩的种子播种在同学们的心田，开出爱的花朵。

语文特级教师　洪艳

# 目录/CONTENTS

# 爱，和时间赛跑

文/静然 [美]

*为了爱而放弃，那是为了弥补生命的缺憾；*
*为了爱而争取，那是为了让生活更美好。*

我的好友M怀孕7个月了，她为了保住自己在旅行社的职位，问我愿不愿意地替她工作一段时间。我来美国不久，很渴望接触社会，便毫不犹豫地答应了。M的工作是接听电话、帮助客户安排旅游计划和回复电子邮件等。她给了我一份她的客户名单，是她工作近两年积累起来的，约有60位。她再三关照我，要给这些客户最优惠的待遇。

一天，来了一个西班牙裔的美国人弗雷多，是M的客户之一。他衣着不怎么考究，鞋子边缘有一圈脏痕，我第一感觉他是个蓝领。果然，弗雷多说他曾是一家物流公司的仓库工人，刚刚递交了辞职书。我快速

查阅了客户记录，发现弗雷多仅在前年圣诞节期间订过一次短途双程机票，看来他不是一个经常旅游的有闲人士。这次，他想去哪里旅行呢？

"今天是为我儿子来订票的，我辞职就是为了陪儿子旅游。"弗雷多平静地说，像个财大气粗的人。"小姐，"弗雷多有些迟疑，"我要预订的行程会很复杂，要麻烦你多多费时、费心。"

把复杂的旅游安排得妥帖，我喜欢这样的挑战。我自信地说："我会做到您满意为止。"

"我的儿子今年9岁，他爱好体育运动，特别是足球。他是一个好孩子，可是3个月前……"弗雷多停了一下，接着一字一顿地说，"医生诊断他患了严重的青光眼，视神经开始萎缩，不久将要失明。"

弗雷多眼里流露出一丝痛苦的神色，我的心也打了一个冷战。9岁，这么年少，失明，怎么能接受呢？

"你知道，小孩子患上青光眼，不痛不痒、不红不肿的，就像没事一样，只是视物日渐不清楚。我们只顾工作赚钱，发现得也太晚了，我们做家长的对此是有责任的，所以我辞职了，我想用尽可能多的时间来陪我的儿子。有些人认为我不应该辞职，其实这些都不算什么，工作可以从头来过……"

"听到这个消息，我也非常难过，"我说，"请告诉我，你们还有多少时间？您有哪些要求？"

"只有4个月左右，还要考虑因为旅途疲惫所需休整的时间，这可能

会占行程的30％。说实话，我和太太都喜爱旅游，但经济条件不允许我们游山玩水。这次，为了节约经费，我太太放弃了同行，就我和儿子两个人。我们打算去欧洲的几个国家。我要带儿子去瑞士滑雪，之前我一直觉得这是等他再大一点可以做的运动；我要带他去澳大利亚看看世界七大奇迹的大堡礁，看看海底世界；我还要带他去看中国的万里长城。如果时间还多，我还想让他去看看别人是怎么生活的。为了节省时间，也为了我儿子的身体，我只能让他坐最好的舱位，这本应是他成年以后靠自己的能力才能得到的享受，现在只能由我和我太太代做了。我希望儿子在他看不见之前好好感受一下这个世界，看看世界各地的美景，看看别人的生活，希望他在以后的日子里仍旧能够感受到那些看见过的精彩。"弗雷多的眼里闪现出憧憬，但转瞬忧郁又折返回来。

"您真是一个好父亲啊！"我由衷地感叹道，"请给我一天时间。"有一种爱，是要拿像生命一样宝贵的时间来做代价的。如此不寻常的旅程，需要和时间赛跑的最佳线路。弗雷多走了以后，我与有经验的同事商量，和M通了电话，所有的协作单位都愿意为

弗雷多父子俩开一连串特殊的绿灯。

第二天，弗雷多就收到了旅行社专门为他和儿子设计的全程安排，他非常满意。想着即将出发的两个人，一对骨肉相连的父子，两个热爱生活的人，在旅途中将有几多依恋、几多艰辛！我在心底里默默地为他们祝福。4个月后，弗雷多和他儿子回来了。

据说，他的儿子在旅行的最后几天已完全失明，最后一段行程是苦泪交加的日子。🔲

---

**写作技巧** / Writing Skill

精彩的标题是文章灵魂的升华：故事中父亲做出的一切，其目的只有一个，就是为儿子争取时间留存一生无憾的记忆。因此，作者拟下"爱，和时间赛跑"这个富有诗意的标题，使文章的意境和主题大大提升。

**爱的箴言** / Loving Speaking

爱，是一种最无私的奉献，父爱、母爱更是一种源自生命的付出。尽管，爱因为深沉而不被察觉，尽管爱来得迟了些，然而那一刻，父母为孩子倾其所有的付出，不能不让我们深深感叹：人世间最伟大的情感，莫过于父母之爱了吧！

# 爱上温开水

文/蒋平

父爱也许不像母爱那样温柔细腻，
但它会以另一种方式从另一种渠道中涌流出来，脉脉深沉，韵味悠远。

在父亲离开这个世界之前，他一直没有喝过过冷或者过热的开水。童年的印象中，在家里，父亲总是第一个起床，起床后的第一件事，就是为全家人烧一壶开水，倒在各人的杯里冷却。父亲的时间算计得非常准确，等全家人都洗漱完毕的时候，正好能喝到不热不冷的温开水了。

母亲过世早，母亲离开这个家后父亲一直没有再娶，又当爹又当妈将他拉扯大。父亲不仅心细，而且很懂养生保健，对喝水特别有研究。比如在大热天，他反对妻儿喝过冷的冰水，认为那样会刺激胃；而在数九寒天，他又严禁妻儿饮温度太高的咖啡和浓茶，说那样会影响食欲和

吸收。父亲认为：其实温开水最解渴，也最容易吸收。他感觉父亲如果去做一名保健期刊的编辑，一定非常称职。

父亲的温开水就这么陪伴着他长大。到自己成家立业的时候，他忽然感到了不适，这种不适就是开水问题：因为没有人起早摸黑烧水了，喝到口里的水不是过热就是过冷，而妻子呢，似乎对温开水的理论很不以为然。也从那时起，他与妻开始有了矛盾，焦点就是为水的温度问题。妻笑他神经过敏，他则坚持原则，后来干脆以身作则，渐渐地，他继续了父亲每天泡温开水的传统。

休闲时，他还会回家去看看年迈的父亲。每次父亲听说他们来，第一件事还是泡上一杯温开水，一如当年的温度。父亲用的还是当年他喝水的那只瓷杯，喝着温开水的时候，他就想起父亲当年起早摸黑的情景，如这不变的开水温度一样，温馨、亲切而养人。

儿子出世不久，父亲就过了世。父亲过世的原因是一场车祸，很突然。清理父亲的遗物时，他一眼就发现了自己的开水杯，还是当年那般洁净、清新，只是里面再也没了温开水。他的泪水一

下就流了出来。

他将那只开水杯拿过来，每天像父亲的生活方式一样，早早地起来，泡上一杯温开水。同时，也给妻子、儿子盛满一杯。

儿子上大学了，并且爱上了一个漂亮的女孩。女孩很浪漫，追的人不少。为此，儿子很伤脑筋，也很苦恼。他就选了一个时候，让儿子邀请女孩来家里吃饭。奇迹就发生在那一顿饭后，女孩拒绝了众多的追求者，正式成了这个家庭的一员。后来，他才得知幕后的故事：那天天气很冷，女孩就是从他不断为儿子添加温开水，并且听着他讲父亲温开水理论的细节上，感觉到这是一个充满爱的家庭。

听到这个故事的时候，他的眼睛再一次湿润了。他知道，自己的，还有儿子身上的爱，正是父亲洋溢在温开水里的那种父爱的延续。

---

**写作技巧** / Writing Skill

以物为线索，架构美文：温开水的故事，贯穿了三代人，体现了父爱的伟大。作者以温开水为线索，连缀情节，架构了一篇温馨感人的美文。

**爱的箴言** / Loving Speaking

父亲给予我们的爱，没有丝毫的热烈与酣畅，它脉脉地灌注在那杯温开水中，让我们感到温暖。这样的父爱还会一直延续下去，永无止境。

# 爸爸的吩咐

文/颜纯钩

有一种淡然的父爱，只有在特殊的时刻，
才能显出它的博大和非同寻常。

半夜两点多钟，决定自杀的他打电话回家。

"爸，我不回家了，我对不起你们，会考考成那样。阿娟昨天又说要分手。我没脸再混下去了。"

爸爸静了好一会儿，缓缓地说："你要这样，我也没办法，我也老了，到哪里找你去？你考得不好，大概是我们没有遗传给你天分；你被阿娟甩了，大概是我们把你生得太丑。错在我们，怨不得你！""爸，你们保重自己，我不能尽孝了。""我们的事你就别管了，但你要自杀，有两件事不可不注意：一是要穿戴整齐，别叫人笑话；二是别在人家度假屋里，人家还要靠它赚钱呢！弄脏了地方，对不起人家。"

他想了想，说："爸，你想得周到，我会照你吩咐去做。爸，我最担心的是妈妈，我不敢打电话给她，你帮我编一个谎话，暂时骗骗她好吗？"

"生死大事都由不得我们，这种小事倒计较来做什么？她不会怎么样的，总得活下去。我们不像你们，一辈子什么苦没挨过？早就铜皮铁骨了！都像你一样，考试成绩差一点，女朋友跑掉，就要死要活的，我们早就死掉几条命了，还等得到把你生下来？把你养这么大？还等得到三更半夜来跟你说这些不知所云的话？"

他给这几句话镇住了，半晌出不得声。"爸……"他突然不知说什么，"都半夜了，你怎么还没睡？""我今晚又失眠了，肚子饿，起来煮一包公仔面吃。""爸，你又吃公仔面！医生说老吃公仔面没有营养。""做人不要太认真。肚子饿就管不得医生了，没有海参、鱼翅吃，先拿一包公仔面顶顶饿也可以。"爸爸的口气突然轻松起

来，"你知道吗？我发现了一种公仔面的新吃法，一包公仔面、四粒芝麻汤圆一起煮，味道妙不可言。从前都不知道公仔面有这么好的吃法。有时候，平平常常的东西，变个样子来吃，就会吃出新味道来。"

爸爸停了停，仿佛咂咂嘴，把方才的美味再体味一次，然后说："不过跟你说这些都没用了。"

放下电话，他呆了好久。公仔面、芝麻汤圆，那种新鲜的搭配简直太有创造性了，真亏老爸想得出来！

或许是夜半的缘故，他肚子也饿了，想起老爸在家里独享家常美味，小小的客厅，窗台上有一盆云竹，一个盛汤面的精瓷大海碗，一双黑漆描金木筷子……他突然想：也许明天先试试这公仔面再说。▣

---

**写作技巧** / Writing Skill

巧妙利用逆向思维，构思求异而创新：本文一改惯常的思路，以父亲淡然地应对儿子的临终之言来展开情节，婉转地传达了父亲对儿子的关爱之情。构思之巧，令人叹服。

**爱的箴言** / Loving Speaking

睿智的父亲淡然地和儿子谈论那个原本很沉重的话题，让儿子对轻生的选择产生了质疑：这样做到底值得不值得？其实，生活就好像那碗公仔面，换种吃法才觉得出别样的滋味。人生大智慧，尽在父爱中。

# 半边钱

文/驮驮

穷，困得住人的生活，
却困不住浓浓的父爱。

大 学学费每年要5000元。"我连假钱都没得一张。"爹说。

吃饭时，爹不是忘了扒饭，就是忘了咽，眼睛睁得圆鼓鼓的，仿佛老僧入定，傻愣愣地坐着。"魂掉了。"妈心疼地说。吃完，爹扔下筷子，径自出去。我知道，爹准备卖掉自己精心打造多年的寿材。

爹的寿材因为木材好，做工好，油漆好，在方圆几十里数第一。听说爹要卖寿材，穷的富的都争着要买。当天下午，一位穷得叮当响的本房叔叔以1500元的高价买走了爹的寿材——爹最后的归宿。

当我离家上学时，加上叮当作响的十来个硬币和写给别人的两三张

欠条，竟有"巨款"4500元！另外，三亲六戚这个10元，那个20元，学费总算勉强凑齐了。爹送我，一瘸一瘸的——在悬崖烧炭摔的。

4天过后，到了千里之外的南京，报了到。于是，爹厚厚的"鞋垫"变薄了。他脱下鞋，摸出剩下的钱，挑没人的地方数了三遍，326元3分，他全部给了我。我老蜷在床上，像只冬眠的动物。生活费还差一大截儿，我没心思闲逛。晚上，爹和我挤在窄窄的单人床上，我不知什么时候睡着了，又好像一整夜都没睡着。当我睁开眼睛时，天已大亮，爹早已出去了。

中午爹才回来，尽管满头大汗，脸上却没有一点血色。"给，生活费。"爹推推躺在床上的我，递给我一叠百元纸币。我困惑地看着他。"今早在街上遇到一个打工的老乡，向他借的。"爹解释，"给你600，我留了200块路费。我现在去买票，下午回去。"说完，又一瘸一瘸地、笨拙地出去了。

他刚走，下铺的同学便问我："你爸有什么病？我清早在医院里碰见了他。"我明白了：父亲在卖血！

下午，我默默地跟在爹后面送他上车。买了车票，他身上仅剩下30块。列车缓缓启动了。这时爹从上衣袋中摸出一张皱皱巴巴的10块钱，递给站在窗边的我。我不接。爹将眼一瞪："拿着！"我慌忙伸手去拿。就在我刚捏着钱的一瞬间，列车长吼一声，向前疾驰而去。我只感到手头一松，钱被撕成两半！一半在我手中，另一半随父亲渐渐远去。望着手中污渍斑斑的半截儿钱，我的泪水夺眶而出。

仅过了半个月，我便收到了爹的来信，信中精心包着那半截儿钱，只一句话："粘后用。"

---

**写作技巧** / Writing Skill

精彩的结尾，使文章余味悠长：文章结尾那封装有半截钱的信令人感动。"粘后用"三字表现了父亲对儿子关爱的极致，纸短情长，催人泪下。

**爱的箴言** / Loving Speaking

文中的父亲对儿子的爱是实在而厚重的，他没有华丽的辞藻，也没有亲昵的做作，只是默默地付出自己的一切。父亲就是一棵大树，高大而坚定，天下做儿女的，永远在那宽广的拥抱庇护下幸福成长。

# 比打耳光更有力量

文/马付才

宽容大度的谅解和推心置腹的言语，往往比暴虐的拳头更有力量。
这就是父爱另一种形式的伟大之处！

球 王贝利从小就显现出非凡的足球天赋。渐渐地，贝利有了些名气，许多人常跟他打招呼，还给他敬烟。像所有未成年人一样，贝利喜欢吸烟时的那种"长大了"的感觉。

终于有一天，当贝利在街上向人要烟时被父亲看见了。父亲问："你抽烟多久了？"贝利小声为自己辩解："我只吸过几次，几天前才……"父亲打断了他的话，说："告诉我味道好吗？我没抽过烟。"贝利说："我也不知道，其实并不太好。"说话的时候他突然绷紧了浑身的肌肉，手不由自主地往脸上捂去，因为他看到站在自己跟前的父亲猛地抬起了手。但是，那并不是贝利预料中的耳光，而是父亲把他搂在了怀中。父亲说："你踢球有点天分，也许会成为一名高手，但如果你抽烟、喝酒，那就到此为止了，因为你将不能在90分钟内保持一个较高的水准。这事由你自己决定吧。"贝利感到又羞又愧，眼睛里涩涩的，可他抬起头来，看到父亲的脸上已是泪水纵横……

后来，贝利再也没抽过烟。他凭着勤学苦练，终于成了一代球王。🔲

---

**写作技巧** / Writing Skill

精彩的标题，是文章成功的一半：面对开始沾染吸烟恶习的贝利，父亲并没有采用打骂的方式，而是以情感化，使儿子改正错误。父亲所做的，确实"比打耳光更有力量"。这一标题的拟定，可谓恰到好处。

**爱的箴言** / Loving Speaking

父亲，在很多人的描述中都是沉默的、不善表达的，有时甚至是强大而暴躁的。成长中，做错事时最害怕的就是父亲的责骂与愤怒的耳光。然而，当责骂变成了道理，当耳光变成了拥抱，那一刻将成为我们一生的鞭策。

# 必须承受的痛苦

文/爱默生 [美]

学会直面痛苦的人，
才能真正地成长起来，才懂得用微笑迎接美好未来。

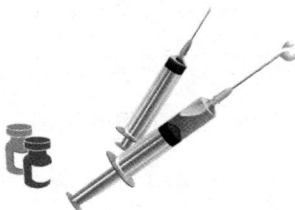

鲍勃3岁半的女儿扁桃腺发炎，开了10针青霉素，上午8点、下午3点，一天两针。

头两天是妻子带她去打针，女儿不肯去。妻子就骗她，说不打针，哄着抱她下楼。

当针头扎进小屁股蛋时，疼痛加上被欺骗的愤怒，女儿无法承受，哭得惊天动地，大夫直担心孩子会闭过气去。

女儿哭，妻子也垂泪。妻子实在受不了了，第三天死活不干了，把担子卸给了鲍勃。

鲍勃对着坐在床上翻图画书的女儿说："乖，咱们去打针。"

女儿可怜巴巴地望着鲍勃，声音沙哑地说："爸爸，打针很疼。"

鲍勃坐下来说："疼也得打呀。要不你的病好不了，上不了幼儿园，爸爸、妈妈也上不成班，得在家看着你。不上班就没有钱，怎么给你买玩具和好吃的？""那我以后不要玩具和好吃的还不行吗？"

鲍勃停下来，给她时间思考。而且，鲍勃从不骗孩子。

女儿想了片刻，终于无可奈何地张开双臂叫鲍勃抱，并说道："爸爸，咱们去吧。"

打针时她又哭了，不过不厉害，针没拔出来已哭完了。

女儿睡了个大午觉。下午2点多鲍勃去卧室门口看了一眼，她已醒了，瞪着两只眼睛瞅着天花板，聚精会神不知在琢磨什么。鲍勃没打搅她。3点了，鲍勃关上客厅的电视，起身去卧室。女儿睁着眼。可她一看见鲍勃，马上说："爸爸，我困了，现在要睡觉了。"然后，闭目装睡。斜阳照在女儿紧张的小脸上，楚楚动人。

鲍勃一阵感动——

原来她不知动了多长时间脑筋，才想出这么个自以为是的办法以逃避打针。

"不行！回来再睡。"鲍勃硬着心肠拉她起来穿外套。

抱着女儿慢慢往医院走，鲍勃对她说："乖，不是爸爸不疼你，可人活着就有很多事、很多痛苦，只能自己去承受，谁也替不了你。"

女儿似乎懂了，因为鲍勃感到她的小脸好像刚毅起来。

这一针，她没哭，嘴唇哆嗦着，却一滴眼泪也没掉。

第二天上午8点，鲍勃刚要开口，女儿突然拿着注射单和针药站在鲍勃面前，说："爸爸，咱们去打针！"

---

**写作技巧** / Writing Skill

对话与细节描写相结合，使情节更生动：小女孩从惧怕打针到主动去打针，这一转变与父亲一次次苦口婆心的劝导有关。同时，小女孩的表情、动作和语言，这些细节描写不但非常符合人物身份，而且推动了情节发展。

**爱的箴言** / Loving Speaking

人的一生注定要经历很多痛苦，有些痛苦可以逃避，更多的痛苦则无法逃避。谆谆父教，句句汇入女儿心头。不经历风雨，怎么见彩虹？女儿学会了听"话"，开始真正长大！

# 便当里的头发

文/李美爱 [韩]

当爱与被爱同时为对方所理解和接受的时候，
这便是一种幸福。

在 那个贫困的年代里，很多同学往往连带个像样的便当到学校上课的能力都没有，我邻座的同学就是如此。他的饭菜永远是黑黑的豆豉，我的便当却经常装着火腿和荷包蛋，两者有着天渊之别。而且这个同学，每次都会先从便当里捡出头发之后，再若无其事地吃他的便当。这个令人浑身不舒服的发现一直持续着。

"可见他妈妈有多邋遢，竟然每天饭里都有头发。"同学们私底下议论着。为了顾及同学自尊，又不能表现出来，总觉得好肮脏，因此我对这同学的印象，也开始大打折扣。

有一天学校放学之后，那个同学叫住了我："如果没什么事就去我家玩吧。"我虽然心中不太愿意，不过自从同班以来，他第一次开口邀请我到他家玩，所以我不好意思拒绝他。

我随他来到了位于汉城地形最陡峭的某个贫民村。"妈，我带朋友来了。"听到同学兴奋的声音之后，房门打开了。他年迈的母亲出现在门口。"我儿子的朋友来啦，让我看看。"但是走出房门的同学母亲，只是用手摸着房门外的梁柱。原来她是双眼失明的盲人。

我感觉到一阵鼻酸。同学的便当菜虽然每天都是豆豉，却是眼睛看不到的母亲小心翼翼帮他装的，那不只是一顿午餐，更是母亲满满的爱心，甚至连掺杂在里面的头发，也一样是母亲的爱。▨

---

## 写作技巧 / Writing Skill

托物言情，以小见大：起初那个同学因为便当里的头发被别人看不起，直到作者来到同学家中，才发现了头发的秘密。原来，一根头发见证了母爱。用这种写法写出的母爱真实生动，令人感动。

## 爱的箴言 / Loving Speaking

母亲的爱是丰盛的，它不因双目失明而有丝毫减少，也不因生活的贫困而有丝毫褪色。那根头发见证了母爱的无微不至，同学对头发的泰然处之则表达了对母亲的理解。

# 别让父母再流泪

文/韩玉华

人世间最爱我们的莫过于父母，他们用辛劳换得我们的幸福，
而我们又怎么能让他们伤心失望呢？

刘禹上高二那年，迷上网络游戏，总往网吧跑。老师没有办法，让人把他的父母叫到学校。

正是农忙时节，父亲干完地里的活儿，骑车带着母亲，走了十多公里的山路，中午才赶到学校。 母亲是一个典型的农村妇女，用怯怯的眼神看着老师，陪着笑，说："孩子让老师费心了。" 父亲是个老实巴交的农民，他忐忑不安地从身后提出一个蛇皮袋，里面是从地里摘的豆角、黄瓜。他取出来，分成一小堆一小堆的，在每个老师的桌子上放一份，谦恭地说："自家种的，值不了几个钱。"

刘禹被叫到办公室。他是一个帅气的男孩子，个头已经很高了。他看见父亲，没说话。 母亲问："你又惹老师生气了？" 刘禹仰着头，看着别处，不说话。 老师列数了刘禹的一条条"罪状"：某日白天逃课去上网，某日夜里翻学校围墙出去打游戏……

母亲在一边听了，脸色渐渐变得苍白。"小时候，你多乖啊，坐在小院里看书。"母亲的泪水一滴一滴落下来，"我和你爸在地里干活儿，做得那么辛苦，舍不得花一分钱，是想省钱供你读书，是想你有出息，你却不好好学……"父亲把刘禹拉过来，拳头高高举起，落下时却拐了弯，捶在自己的胸口上。父亲抱着头，蹲在一边，泪水掉了下来，一滴一滴，洇湿了地板。

刘禹站了一会儿，头慢慢地低下来，一言不发就往门外走。母亲叫住刘禹，问："你去哪里？"他瓮声瓮气地答道："回教室。"母亲一愣，眼神中闪过一丝亮光，紧接着，她把带来的大包小包递给刘禹，那是吃的和换洗的衣服。"鸡蛋要趁早吃，时间长了会坏掉的。天晴的时候，要记得球鞋垫放在太阳下晒晒。"她叮嘱道。 母亲理了理孩子的衣服，泪水在

脸上无声地流淌。

一年后，刘禹以全市第一名的成绩考上了大学。父母把教过他的老师请到了家里，摆了一大桌酒席。饭至中途，刘禹站起来，恭恭敬敬地敬父亲一杯酒，再敬母亲一杯酒。他们接过来，一仰脖喝了，又笑出了两行泪。刘禹说了一句话，令在场的人无不动容："当我父母最无助的时候，他们只能用眼泪来爱我。"

---

**写作技巧** / Writing Skill

用白描手法，使文章达到以少胜多的艺术效果：文章的语言简明朴素，寥寥数语便刻画出不同人物的特征和情感，例如父亲谦恭地给老师们分瓜菜以及母亲对儿子出门前不厌其烦的嘱咐，都如速写画般呈现在我们面前。

**爱的箴言** / Loving Speaking

父母的眼泪是悲伤的溶液，那里包含着太多的成分：既有丰盈的爱，也有满满的希望。不要让父母再伤心和失望，既是对他们的爱的报答，也是对他们的真正尊重。

# 病房里的感动

文/张燕梅

亲情是无私的，爱心是无价的，
它们一同编织着人间真善美的绚丽彩虹。

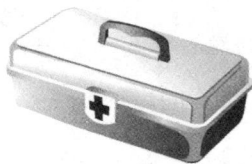

**晚**上9时，医院外科3号病房里新来了一位小病人。小病人是个四五岁的小女孩。女孩的胫骨、腓骨骨折，在当地做了简单的固定包扎后被连夜送到了市医院，留下来陪着她的是她的母亲。

大概是因为夜里，医院又没有空床，孩子就躺在担架上，放在病房冰冷的地板上。孩子的小脸煞白，那位母亲一直用自己的大手握住小孩的小手，跪在孩子的身边，眼睛一眨也不眨地盯着孩子的脸。

"妈妈，给我包扎的叔叔说过几天就好了，是不是？""是！"母亲的脸上竟然挂着慈祥的笑，好像很轻松的样子。"妈妈，那要过几天？"孩子的声音很小。"用不了几天，孩子。"孩子没说话，闭上眼，眼泪流了出来。

过了一会儿，孩子说："妈妈，我疼！"母亲弯下身子，把自己的脸贴在孩子的小脸上，用自己的脸擦干孩子的泪水。当她抬起头的时候脸上依然挂着那种轻松的慈爱的笑："妈妈给你讲故事好吗？"孩子点点头，眼泪还是不停地流下来。

母亲讲的故事很简单：大森林的动物们都来给大象过生日。它们各自都送给大象珍贵的礼物，只有贫穷的小山羊羞怯地讲了一个笑话给大象，大象却说，小山羊给大家带来了欢乐，它的礼物是最值得珍惜的。

不知道母亲为什么选了这样一个故事。孩子的眼睛亮起来，她一边用手抹眼泪，一边用快活的声音说："妈妈，它们有蛋糕吗？我过生日的时候你是不是也会给我买最大的蛋糕？"

　　"当然要买蛋糕，等你好了，出院的时候我们就一起去买蛋糕。"母亲的声音那样轻快，孩子也笑了。

　　"妈妈，再讲一遍。"于是，母亲就一遍一遍地讲下去，她的手一直握着孩子的小手，脸上依然挂着轻松的慈爱的笑。女孩终于忍不住了，眼泪再次流下来："妈妈，我很疼！"孩子轻声哼起来。母亲一边给孩子擦眼泪一边问："你想大声哭吗？"孩子点点头。病房里却是出奇的安静，不知道大家是不是都睡了。那时已经是夜里 11 点多了。

　　"让妈妈陪着你一起疼好吗？"孩子点点头，又摇摇头。母亲把手放在女孩的唇边说："疼，你就咬妈妈的手。"孩子咬住了妈妈的手，可眼泪还是不停地流。

　　后来，孩子终于闭上眼睛睡着了，脸上还挂着泪水，母亲这时却是泪流满面。

　　凌晨3点的时候，孩子又从梦中疼醒了，她叫了一声"妈妈"，就轻轻地抽泣起来。母亲忽然没了语言，她不知所措了，嘴里只是轻轻地叫着："我的孩子！"

　　"孩子要哭，你就让她大声哭吧。"一个声音在房间里响起。"孩子你哭吧。"房间里的人一齐说。他们竟然都是醒着的。

　　母亲看着孩子的脸，说："想哭就哭吧，好孩子。"

　　"妈妈，叔叔、阿姨不睡了吗？"孩子哽咽着问，眼泪浸湿了她的头发。她的小脸像个天使。

屋子里能走动的人都来到了孩子的跟前，一名40岁左右的妇女拿起一个橘子，一边剥皮一边说："吃个橘子吧，小宝贝！吃了橘子，你就不疼了。"说着眼泪滚落在孩子的脸上。孩子吃惊地看着她，然后伸出自己的小手去擦阿姨脸上的泪，那女人更止不住地哭泣起来："我从来没见过这么懂事的孩子……"

那一夜，大家都没有再睡，大家都被感动着，被那孩子感动着，被孩子的母亲感动着。有一个称职的母亲才会有这样优秀的孩子。

---

**写作技巧** / Writing Skill

　　生动感人的细节描写，使文章熠熠生辉：女孩几次默默地流泪，母亲强装出的笑颜，病友们对孩子的疼爱，女孩为阿姨擦泪的举动……这些细节刻画得细腻传神，令读者在不知不觉中为之感动。

**爱的箴言** / Loving Speaking

　　不知有多少子女能够感受这样一句话：伤在儿身，痛在娘心。很多时候，当我们身处痛苦之中时，往往只会看到母亲那宽慰人心的笑容，然而，母亲内心留下了多少泪水、有着怎样的疼痛，却常常是我们所无法估量的。而亲人间的这种爱，足以令每个人为之动容。

# 床板上的记号

文/代弘

看看床板上那一道道记号，
你就会明白：母爱，不只生长在血缘里。

接到父亲说继母病危的电话，他正和单位的同事一起在海口度五一长假，订的是第二天上午的回程机票。他犹豫了一下，才改了行程赶回家。等他回到家的时候，还没进门，就已经听到家里哭声一片。

见到他，眼眶红红的父亲边拉着他到继母遗体前跪下，边难过地说："你婶婶（他只肯称呼继母为'婶婶'）一直想等你见最后一面，可她终归抗不过阎罗王，两个钟头前还是走了。"说着，父亲不住地擦拭着溢湿的眼角。而他只是机械地跪下，叩了几个头，然后，所有的事便与他无关似的，全丢给父亲和继母亲生的妹妹处理。

　　其实，自从生母病逝，父亲再娶，这15年来，他已经习惯认定这个家里的任何事都是与自己无关的了。人们都说，后母不恶就已经算是好的了，不是自己身上掉下来的肉，有谁会真心疼？父亲的洞房花烛夜，是他的翻肠倒肚时。在泪眼蒙眬中，11岁的他告诉自己：从此，你就是没人疼的人了，你已经失去了母爱。

　　他对继母淡淡的，继母便也不怎么接近他。有一回，他无意中听到继母和父亲私语，他只听得一句"小亮长得也太矮小了，他是不是随你啊？"心中便暗自愤怒：讥笑我矮便罢了，连父亲她也一并蔑视了。又有一回，他看到桌上有一盒中华鳖精，刚打开看，跟他同岁的妹妹过来抢，两个人打了起来。继母见状嘴里连连呵斥妹妹，说这是给哥哥吃的。可是，他却马上被父亲打了一顿。他想，这女人的"门面花"做得

真好，可话说得再好听，心里偏袒的难道不是自己的亲生女儿？连带着父亲的心都长偏了。

疏离的荒草在心中蔓延霸占，他少年的时光已不剩春光灿烂的空间。什么是家，什么是亲情，他不去想，更不看继母脸上是阴过还是晴过，他只管读自己的书，上自己的学，然后离开这个自己感觉不到自己存在的家。

丧事办完了，亲友散尽，他也快要回公司了。父亲叫他帮忙收拾房间，以前都是继母一个人做这些事。看着忙碌的他，父亲忽然拿出一个东西来说："小亮，这是婶婶留给你的。"他一看，是个款式土里土气又粗又大的金戒指，无所谓地说："嗯，妹妹也有吧？""是的，你俩一人一个。"说着，父亲掏出另一个，更细小得多了。他不为所动，把自己的那个推回给父亲说："给妹妹吧。"父亲犹豫了一下，把东西放回口袋里，说先替他收着。

他继续收拾房间，忽然看到自己睡了十几年的床板边沿有许多乱七八糟的铅笔涂写的痕迹。他奇怪地问："哪个小孩这么淘气，在这里乱画？"

"是你婶婶在你小时候画的。她知道你不喜欢靠近她，就经常等你熟睡以后，拉平你的身子，用铅笔在床上做好记号，然后再用尺子仔细量，看你长高没有。有时候还不到一个月，她就去量，看你没长高就急。你最讨厌吃的那个田七就是她为了让你长高而买的。她眉头上那道疤，就是为了挣工钱给你买中华鳖精吃，天天去采茶，有一次跌倒在石头上磕破的。她老担心你长大后会像我一样矮，说男孩子个头矮不好讨老婆……"

父亲的话声轻轻的，却似晴天霹雳，把他冰封的心炸出了春天。一直以为不会拥有的风景，不会拥有的爱，其实早就像床板上那些淡淡的铅笔记号，默默地陪他度过了日日夜夜。母爱，不只生长在血缘里。

他流着泪，跪在继母的遗像前，叫了15声"妈"，每一声代表一年。以后，他还将继续叫下去，因为母爱没有离开，当他懂得，就不再失去。▣

---

**写作技巧** / Writing Skill

关键细节的描写，起到"四两拨千斤"之效："床板上的记号"，是文章着力表现的关键细节。父亲讲起床板上的记号的来历和有关继母对"他"关照的件件小事，化解了"他"对继母的误解，使"他"最终认识到母爱就在身边。这一细节描写可谓"小中见大"，使文章大为增色。

**爱的箴言** / Loving Speaking

"母爱，不只生长在血缘里。"因为继母也是母亲。继母的爱同样伟大，"就像床板上那些淡淡的铅笔记号"，默默地陪伴小亮度过了成长中的日日夜夜。母爱既是抽象的，也是有形的；既是琐碎的，也是博大的。爱我们的母亲吧，不要等到她老去时！

# 打往天堂的电话

文/昭云

妈妈，我在报刊亭给您打电话。
我的心声您听到了吗？尽管您在遥远的天堂……

一个春日的星期六下午，居民小区旁边的报刊亭里，报亭主人文叔正悠闲地翻阅着杂志。这时一个穿红裙子、十几岁的小女孩走到报亭前，她四处张望着，似乎有点不知所措，看了看电话机，又悄悄地走开了，然后不多一会儿，又来到报亭前。

文叔抬头看了看女孩并叫住了她："喂！小姑娘，你要买杂志吗？""不，叔叔，我……我想打电话……""哦，那你打吧！""谢谢叔叔，长途电话可以打吗？""当然可以！国际长途都可以打的。"

小女孩小心翼翼地拿起话筒，认真地拨着号码，电话终于打通了：

"妈……妈妈！我是小菊，你好吗？妈，我随叔叔来到了桐乡，上个月叔叔发工资了，他给了我50块钱，我已经把钱放在了枕头下面，等我凑足了500块，就寄回去给弟弟交学费，再给爸爸买化肥。"小女孩想了一下，又说："妈，我告诉你，我在叔叔的厂里每天都可以吃上肉呢，我都吃胖了，妈妈你放心吧，我能够照顾自己的。哦，对了，妈妈，前天这里一位阿姨给了我一条红裙子，现在我就是穿着这条红裙子给你打电话的。妈妈，叔叔的厂里还有电视看，我最喜欢看学校里小朋友读书的片子……"突然，小女孩的语调变了，不停地用手擦着眼泪："妈，你的胃还经常疼吗？我好想家，想弟弟，想爸爸，也想你！妈，我真的真的好想你，做梦都经常梦到你呀！妈妈……"

女孩再也说不下去了，文叔爱怜地抬起头看着她，女孩慌忙放下话筒，慌乱中话筒放了几次才放回到话机上。"姑娘啊，想家了吧？别哭了，有机会就回家去看看爸爸、妈妈。"

"嗯，叔叔，电话费多少钱呀？""没有多少，你可以跟妈妈多说一会，我少收你一点儿钱。"文叔习惯性地往柜台上的话机望去，天哪，他突然发现话机的电子显示屏上竟然没有收费显示，女孩的电

话根本没有打通！"哎呀，姑娘，真对不起！你得重新打，刚才呀，你的电话没有接通……""嗯，我知道，叔叔！""其实……其实我们家乡根本没有通电话。"文叔疑惑地问道："那你刚才不是和你妈妈说话了吗？"小女孩终于哭出了声："其实我早没有了妈妈，我妈妈死了已经四年多了……每次我看见叔叔和他的同伴给家里打电话，我真羡慕他们，我就是想和他们一样，也给妈妈打打电话，跟妈妈说说话……"听了小女孩这番话，文叔禁不住用手抹了抹老花眼镜后面的泪花。

从此，每周六下午文叔就在这里等候小女孩，让女孩借助一根电话线和一个根本不存在的电话号码，实现了把人间和天堂、心灵与心灵连接起来的愿望。▨

---

**写作技巧** / Writing Skill

情节一波三折，令人拍案叫绝：女孩开始打电话的情形令人感动，似乎确有其事，可文叔发现居然电话未通，这又在意料之外，最终女孩说出实情，文叔成全女孩的心愿，又那么入情入理。情节曲折多变，读者的心也为之起伏。

**爱的箴言** / Loving Speaking

母亲，总是以博大的爱，为儿女撑起一片艳阳天，这种爱，不会因为生命的终止而有些许的减弱；儿女，总是以不懈的努力回报母亲的付出，这种回报，也决不会因为时间的流逝而有丝毫的停止。

# 地震中的父子

文/马克·汉林 [美]

"不论发生什么，我总会跟你在一起！"这是父亲的铿锵话语。
在大灾面前，父亲的职责就是永不放弃。

在地震发生不到4分钟的时间里，父亲冲向他7岁的儿子上学的学校。他眼前，那个曾经充满孩子们欢声笑语的三层教室楼，已变成一片废墟。

他顿时感到眼前一片漆黑，大喊："阿曼达，我的儿子！"跪在地上大哭了一阵后，他猛地想起自己常对儿子说的一句话："不论发生什么，我总会跟你在一起！"他坚定地站起身，向那片废墟走去。他知道儿子的教室在一层楼的左后角处，便疾步走到那里，开始用手挖掘。

在他清理挖掘时，不断有孩子的父母急匆匆地赶来，看到这片废墟，他们痛哭并大喊："我的儿子！""我的女儿！"哭喊过后，他

们绝望地离开了。有些人来拉住这位父亲说："太晚了，他们已经死了。"这位父亲双眼直直地看着这些好心人，问道："谁愿意来帮助我？"没有人给他肯定的回答，他便埋头接着挖。

救火队长挡住他："太危险了，随时可能发生大爆炸，请你离开。"这位父亲问："你是不是来帮助我？"警察走过来："你很难过，这我们理解。可这样不但不利于你自己，对他人也有危险，马上回家去吧。"这位父亲又问："你是不是来帮助我？"警察摇摇头，叹息着走开了。这位父亲心中只有一个念头："儿子在等着我。"

他挖了8小时、12小时、24小时、36小时……没人再来阻挡他。他满脸灰尘，双眼布满血丝，浑身上下破烂不堪，到处是血迹。到第38小时的时候，他突然听见废墟底下传来孩子的声音："爸爸，是你吗？"这

是儿子的声音！父亲大喊："阿曼达！我的儿子！" "爸爸，真的是你吗？" "是我，是爸爸！我的儿子！" "我告诉同学们不要害怕，说只要我爸爸活着就一定会来救我，也能够救大家。因为你说过，不论发生什么，你总会和我在一起！"

50分钟后一个安全的出口被人们开辟出来。父亲用颤抖的声音说："出来吧，阿曼达。" "不！先让别的同学出去吧！不论发生什么，我知道你总会跟我在一起。" 终于，这对父子无比幸福地紧紧拥抱在一起。🔳

---

**写作技巧 / Writing Skill**

巧用"一线串珠法"，推动情节发展："我总会跟你在一起！"父亲坚持不懈地挖，儿子在废墟中等待父亲救援，乃至儿子把求生的机会让给同学们，都是因为坚信这一点。整个故事皆由此句一线贯穿，脉络清晰，架构完整。

**爱的箴言 / Loving Speaking**

真爱无敌，感天动地。父亲信任儿子，儿子信任父亲：这是父子绝处逢生的精神动力。当父亲把爱给了儿子，儿子把爱给了同学们，我们看到了一条爱的链条的传递。与其说一个父亲救了一群孩子，不如说人间的真爱穿越了生死。

# 儿子的鱼

### 文/P.珀金斯 [加拿大]

儿子在打拼的时候，流过汗，流过泪，
父亲虽然没有什么言语，可他的心一直在悬着……

我环顾周围的钓鱼者，一对父子引起我的注意。他们在自己的水域一声不响地钓鱼。父亲抓住、接着又放走了两条足以让我欢呼雀跃的大鱼。儿子14岁左右，穿着高筒橡胶防水靴站在寒冷的河水里。

两次有鱼咬钩，但又都挣扎着逃脱了。突然，男孩的鱼竿猛地一沉，差一点儿把他整个人拖倒，卷线轴飞快地转动，一瞬间鱼线被拉出很远。看到那鱼跳出水面时，我吃惊得合不拢嘴。"他钓到了一条王鲑，个头不小！"伙伴保罗悄声对我说，"相当罕见的品种。"

男孩冷静地和鱼进行着拉锯战，但是强大的水流加上大鱼有力的挣扎，孩子渐渐被拉到布满漩涡的下游深水区的边缘。我知道一旦王鲑到达深水区就可以轻而易举地逃脱了。孩子的父亲虽然早把自己的钓竿插在一旁，但一言不发，只是站在原地关注着儿子的一举一动。

一次、两次、三次，男孩试着收线，但每次鱼线都在最后关头猛地向下游蹿去。王鲑显然在尽全力向深水区靠拢。15分钟过了，孩子开始支持不住了，即便站在远处，我也可以看到他发抖的双臂正以最后的力气奋力抓紧鱼竿，冰冷的河水马上就要漫过他的高筒防水靴的边。王鲑离深水区越来越近了，鱼竿不停地左右摆动。突然，孩子不见了！

1秒钟后，男孩从河里冒出头来，冻得发紫的双手仍然紧紧抓住鱼竿不放。他用力甩掉脸上的水，一声不吭地又开始收线。

王鲑突然改变方向，径直蹿入河对岸那片灌木丛里。我们都预备着听到鱼线崩断时刺耳的响声。然而，说时迟那时快，男孩向前一扑，紧

王鲑钻进了稠密的灌木丛。我们三个大人都呆住了，男孩的父亲高喊着儿子的名字，但他的声音被淹没在了河水的怒吼声中。保罗涉水示意我们王鲑被逮住了。他把梧桐树枝拨向一边，男孩紧抱着……从里倒着退出来，努力保持着平衡。

……抱着一条大约14公斤重……双臂和前胸之间紧紧地……几步，就这样走走停停，他终于缓缓蹲下，掌握平衡后再往回走。

保罗随身带着便携秤，他好奇地问孩子的……称王鲑到底有多重。男孩的父亲毫不犹豫地说：……哦儿子吧，这……是他的鱼！"

---

## 写作技巧 / Writing Skill

准确的白描手法，勾勒出鲜明的人物形象：在儿子与王鲑……过程中，作者简练地对父亲进行了白描式的描写，将一个关爱、尊重和……孩子的父亲的形象，绘形绘色地展现在读者面前。

## 爱的箴言 / Loving Speaking

温室中长大的花朵，无法抵抗暴风雨的袭击。在严父的心中，只有在艰难环境……意志，孩子才能独立顽强地成长起来，才有资格享有属于自己的胜利果实。

# 父爱馨香布朗尼蛋糕

文/佚名

对孩子的呵护、疼爱、理解、尊重……
这一切交融起来，便是爱的味道了。

一次，金融家罗伊先生问6岁的儿子雷特："长大以后你希望做什么呢？"当时雷特刚刚获得了一个儿童绘画大奖，罗伊先生特意推掉事先计划的商务会谈，父子俩一起到酒店庆祝。

小圆桌上摆着香喷喷的甜点，雷特嘴巴塞得满满的，眨巴着眼睛对父亲嘟噜道："我想当个糕点师，给您做最棒的布朗尼蛋糕。"罗伊先生被逗乐了，但打心眼里没把儿子的回答当真。

时光荏苒，雷特高中快毕业的时候，学校的老师和罗伊先生的朋友热情地为雷特推荐了许多优秀的高等学府，甚至有些大学提前给他寄来

了报考资料。

罗伊先生把所有资料交给儿子，微笑着对他说："一切由你自己决定。"雷特却出人意料地推开那些东西，笃定地说："我想考烹饪学院，以后当一名很棒很棒的糕点师。"

罗伊先生的微笑有点僵硬了，他回忆起儿子当年说过的话。面对优秀的儿子，他即使从不苛求儿子去做他金融帝国的继承人，但也希望儿子能成为某个领域里的优异者，比如医生、艺术家、学者等，而糕点师算什么？

心里这样思忖，但罗伊先生的脸上很是平静。他拍了拍雷特的肩膀说："啊，这个理想有点特别，那就好好干吧。"

不久，雷特踌躇满志地报考了三所烹饪学院。可接踵而来的都是坏消息，那些学院无一例外地拒绝了雷特。

几天后，雷特主动向罗伊先生要回了当初推掉的那些高等学府的资料。

几年以后，雷特以优异成绩从大学毕业，然后进了罗伊先生的公司工作。像是有先天遗传似的，雷特不仅很快熟悉了金融业务，而且以他的创见和才能很快在业内崭露头角了。

有这样一个出色的儿子，罗伊先生高兴得能从梦里笑醒，但是，他又凭着父亲的敏感察觉到雷特身上的某种忧郁。为什么呢？他想不透，也找不出什么理由。

一天晚上，罗伊先生偶然发现厨房里透出灯光，还有轻微的动静。罗伊先生蹑手蹑脚地走过去，看见儿子雷特正有条不紊地将奶油、巧克力、香草精、新鲜鸡蛋分类化开、混合，又将雪白的面粉和泡打粉一起均匀搅拌，然后倒入模具放进电烤箱。他的动作娴熟又专注，仿佛在创作一件艺术品。

"嗨，你在干什么？"罗伊先生好奇地问，他从不知道儿子还会这么一手。雷特回头看了一眼父亲，回答："我在给您做一块布朗尼蛋糕。"过了一会，雷特从烤箱里拿出烘焙好的布朗尼蛋糕。棕色的糕体散发着巧克力香味，看上去松软可爱。雷特捧着蛋糕，朝父亲顽皮地鞠个躬，脸上洋溢着得意的笑容。那笑容是罗伊先生很久不曾看见的，他记起儿子孩子时的理想，当年那个小毛孩子的脸上不就是洋溢着如此灿烂的笑容吗？可是后来……

罗伊先生的眼睛湿润了，他低头咬了一口布朗尼蛋糕，细细地咀嚼

了半天，最后说："我一直为拥有一个出色的儿子自豪，但是吃了你亲手做的布朗尼蛋糕，我才发现，原来拥有一个快乐的儿子更重要。"说罢，罗伊先生带着儿子来到书房，从保险柜里拿出当年雷特考取烹饪学院的成绩单，全是优秀记录——当时是他用金钱去买断了这些事实。

第二天，雷特宣布辞去公司所有职务。几个月后，罗伊先生请来了许多朋友，在晚会上，他微笑着向众人宣布："今天请诸位来，是庆祝我的儿子雷特正式经营一家糕点店。我相信，他能做出世界上最棒的布朗尼蛋糕……"🔲

---

**写作技巧** / Writing Skill

结局出人意料，耐人寻味：文章前半部分有顺理成章的流畅感，快结尾时却笔锋一转，点明了父子间暗藏的矛盾，并以父亲出人意料的决定作结，读来令人回味无穷。

**爱的箴言** / Loving Speaking

父爱如山，每个父亲都想用尽自己所有的能力，希望给孩子最好的。然而，当深沉的爱给孩子带来压力与不快乐时，父爱就会显示出博大与包容，给孩子自由，让孩子拥有快乐的权利。

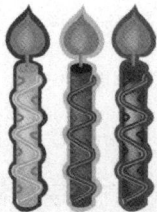

# 父亲的爱

文/邦拜克 [美]

父亲给予子女的爱是深沉的、含蓄的、内敛的，就像一张无形的大网，
看不见，摸不着，然而又无处不在。

父亲不懂得怎样表达爱，使我们一家人融洽相处的是我母亲。父亲只是每天上班、下班，而母亲则把我们做过的错事开列清单，然后由父亲来责骂我们。

小时候，有一次我偷了一块糖果。父亲坚持要我把它送回去，告诉卖糖果的店员说是我偷来的，说我应该替卖糖果的店员拆箱卸货作为赔偿。但这些被母亲制止了，因为她明白，我只是个孩子。

还有一次，我在运动场打秋千时跌断了腿。在前往医院的途中一直抱着我的，是我的母亲。父亲把汽车停在急诊室门口，医院的保安叫他

开走，说那空位是留给紧急车辆停放的。父亲听了，便叫嚷道："你以为这是什么车？旅游车吗？"

在我的生日宴会上，父亲总是显得有点手忙脚乱。他只是忙于吹气球，布置餐桌，做杂务。而把插着蜡烛的蛋糕推过来让我吹的，是我母亲。 在我翻阅相册时，同学总是问："你爸爸是什么样子的？"天晓得！他老是忙着替别人拍照。而母亲和我的合照，却多得数不胜数。

我记得母亲有一次叫父亲教我骑自行车。我叫他别放手，他却说应该放手。等我摔倒之后，母亲急忙跑过来扶我，父亲却挥手要她走开。我当时生气极了，决心要给他点颜色看看。于是，我马上再爬上自行车，而且自己骑给他看。他呢，只是微笑着看。

在我念大学时，所有的家信都是母亲写的。父亲除了寄支票以外，还寄过一封短信给我，说因为我好久没有在草坪上踢足球了，所以他的草坪长得很茂盛，很美。

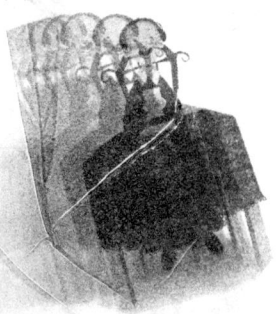

家里，父亲似乎都想跟我说话，但结果总是说：

……的是我母亲。父亲只是大声擤了一下鼻子，便……

……到大都听父亲说，"你到哪里去？""什么时……

……

……表达爱。除非——会不会是他已经表达……

---

……、母亲和"我"之间的桩桩小事，

……"完全不知道怎样表达爱"颇有微……

……其实在所有的小事中已经表达。

……撑开一张爱的大伞。他总是为子女……

……，就像陈年的老酒，随着我们长……

# 父亲的教导

文/佚名

父亲的教导让我认清了自己：不断地超越自我，
才能最大程度地实现自己的人生价值。

大约在玛丽亚12岁时，有个女孩总是跟她过不去，她老是挑玛丽亚的缺点。

有一回，听完玛丽亚的"控诉"后，爸爸平静地问道："这个女孩所讲的一切是否都是事实？""差不多。但我想知道的是怎样回击她！这同是不是事实有什么关系？""玛丽亚，知道自己的真实情况难道有什么不好吗？你现在已经知道那个女孩的看法，去把她所讲的一一写在纸上，在正确的地方标上记号，其他的则不必理会。"

遵照爸爸的话，玛丽亚把那个女孩的意见罗列在纸上。她惊讶地发现，这个女孩所讲的差不多有一半是正确的。有生以来，她第一次对自己有了一个较为全面而清晰的认识。

升入中学后，有一天，同学们说好到附近的湖边去野炊。那天很阴冷，玛丽亚的妈妈千叮万嘱，要她千万别下湖。可是，当别人下水时，不甘落后的玛丽亚也穿上游泳衣，上了划艇。当她最后划向岸边时，几个顽皮的男同学开始摇晃她的船；在要靠岸时，她的船翻了。为了不掉进水里，玛丽亚一个大步想迈上岸去，却不料踩到了一个破瓶子，玻璃渣一直插到她脚跟的骨头上。玛丽亚被送进了医院，父亲来看她。她辩解说："我所有的同学都认为下湖不会有什么问题。""但他们都错了！"爸爸语重心长地说，"你会发现世界上有不少人，他们自认为在对你负责。不要忽视他们的意见，但你只能吸收正确的，并努力去做你认为是正确的事情。"

在人生许多关键的时候，父亲的这个教导总是萦绕在玛丽亚的耳边。由于一个偶然的机会，玛丽亚来到好莱坞闯荡。岁月流逝，转眼两年一晃而过，玛丽亚还没有找到工

作。有一位导演讨厌她的外表，他说："你的脖子太长、鼻子太大，你这副样子永远演不了电影。"玛丽亚想："倘若这导演说的是正确的，我对此也没有办法。对我的脖子和鼻子我又能怎样？可是，也许这意见并不对呢。我觉得应该继续用加倍的努力来赢取成功！"后来，善良、聪慧的杰罗姆·科恩先生给了她所需要的正确意见。他对玛丽亚说："你应该学会用你自己的方法去演唱。"

科恩先生的话开始鼓舞着玛丽亚，正像父亲常对她讲的那样。不久后，好莱坞夜总会宣布候补演员演出节目。同以往一样，"候补玛丽亚"又一次登台了。但这次，她不再试图模仿别人，她决心做真正的自己。这回玛丽亚成功了，她终于找到了梦寐以求的工作。🔳

---

**写作技巧** / Writing Skill

文章以父亲的教导为主线，使不同情节有机结合在一起，串起一系列小故事：同学对玛丽亚的"挑剔"，野炊受伤事件，闯荡好莱坞。正是父亲的话引导玛丽亚正确认识自己，最终实现了自己的价值。

**爱的箴言** / Loving Speaking

父亲是我们需要用一生解读的书——一本厚厚的生活指南。我们有了难题，第一个想到的往往就是向父亲求教。即使在我们失意、不得志的时候，我们也会从他那里找到精神力量的支持。

# 感恩奉孝

文/崔逾瑜

孝，潜藏着一种巨大的能量，
一旦发掘，就可以撼人肺腑、感天动地。

**她**叫刘芳艳，是一名大学生。谁能想到，这样一个个头不高、面容清秀的女孩，背着盲母上大学，用稚嫩单薄的双肩把一个破碎的家撑起，为年迈失明的母亲撑起一片晴空！

小芳艳出生于北方一个贫困的小山村。那里是名副其实的黄土高坡，恶劣的环境锻造了芳艳的坚强，可每当说起父亲，她总止不住泪水涟涟。14岁那年，芳艳的父亲患上食道癌，给这个一贫如洗的家一道晴天霹雳。双目失明的母亲整日以泪洗面，老实憨厚的哥哥不知所措，年幼的芳艳感到前所未有的无助与绝望。

北方的冬天冷得可怕。芳艳顶着漫天飞舞的雪花，翻山越岭来到县政府。这一天，是她读书以来第一次旷课。芳艳从没见过县长，但为了救父亲，她鼓足勇气敲响了县长办公室的门。可是，县长不在。中午，县长还没回来，芳艳从书包里掏出冰冷的馒头，慢慢啃着，心里只有一个念头：要救父亲，我一定要等到县长！下午下班了，县长还没来。芳艳急了，向人一打听，才知道县长办完事后直接回家了。

雪下得更大了，凛冽的北风刮在脸上如刀割一般，芳艳按热心人的指点，踏着积雪，深一脚浅一脚地走向县长的家。晚上9点，她敲开县长家的门。或许是这个弱不禁风的小女孩的拳拳孝心感动了县长，他二话没说，安排民政局批了1000元钱。钱很快花光了，芳艳和哥哥只好含泪把父亲从医院接回家。看着父亲食不下咽、骨瘦如柴的样子，芳艳知道，父亲的日子不多了。芳艳揣着借来的200元钱，请人给父亲做了口棺材。看到棺材，父亲的眼泪汹涌而出："娃，我死了，用两块木板一夹就行了，你们留点钱过日子！"芳艳哭着抓住父亲的手："爸，您没吃过一顿好饭，

没穿过一件新衣，连住的房子也破破烂烂。女儿治不好您的病，只能把这个做厚实点，您到那边，就不会再淋雨挨冻了。"

父亲去世后，生活的重担压到了芳艳和哥哥身上。几年后，芳艳历经千难万苦，如愿考取了外地的一所大学。就在这一年，哥哥外出打工，失去了联系。在千里之外求学的芳艳，总是放心不下家中年迈失明的母亲。一天，芳艳从邻居的电话中得知，母亲上山拾柴时，摔得浑身是伤。放下电话，芳艳再也忍不住，号啕大哭起来。"我已经失去父亲，再也不能失去母亲了。"芳艳做出一个艰难的决定：休学。

从此，芳艳背着行囊，牵着母亲，闯荡到某个城市，靠打工维持生计。在打工的日子里，芳艳一边悉心照顾母亲，一边省吃俭用赚学费。转眼，一年过去了，芳艳挣够了学费，就带着母亲返回了她日思夜想的大学校园。学校领导得知芳艳的经历后，十分感动，为她们母女提供了一间宿舍和每月100元生活费，同时，还为芳艳安排了两份勤工俭学的工作。每天傍晚，是芳艳和妈妈最快乐的时光。妈妈听着芳艳洗衣服、整理房间；芳艳读书读报给妈妈听，或讲学校里发生的趣闻趣事。有时，母女俩手牵着手，在校园里散步、晒太阳……母亲的牙齿掉光了，芳艳

毫不犹豫地拿出辛苦攒下的钱，为母亲装上了一副假牙。从医院出来，芳艳买来一个苹果，递到母亲嘴边。母亲慢慢嚼着，开心地笑了。

母亲对芳艳怀着深深的愧疚。芳艳看出了妈妈的心思，安慰道："您是我妈，孝顺您是天经地义的，我就乐意做您的'眼睛'和'拐杖'！"芳艳依偎着妈妈，脸上满是幸福……

孝无声，爱无休。芳艳背负的不仅仅是年迈的亲娘，而是一座感恩的大山，更是恪守人伦的孝道。🔲

---

**写作技巧** / Writing Skill

生动的细节描写，感人肺腑：本文最大的特点是细节描写传神。芳艳冒着风雪向县长请求贷款，借钱给父亲做棺材，为母亲装假牙和喂苹果……这些细节描写从不同角度体现了芳艳的孝道，真挚而感人。

**爱的箴言** / Loving Speaking

羊有跪乳之恩，鸦有反哺之孝。寸草春晖，感念亲恩，更是人类的美德。感恩奉孝的力量是伟大的，它令我们的人生充满了崇高之美。那如春风般温暖的母爱，那如山般坚实的父爱，伴随我们一生一世，怎能忘怀？

# 孤独的时候，读一读它

文/迈克·斯图沃尔 [美]

不管代沟是否存在，父母心中永远爱孩子，
永远站在孩子的背后给予所有的支持，这一点永远也不会改变。

那一年，我13岁。那时候，我是以一种报复的心理对待青春期的。我的性格很暴躁、很反叛，对父母所说的每一件事都持一种逆反的态度，一点也不尊重他们，尤其是当我不得不照他们的意思去做的时候。我认为自己是个"无需指点的才华横溢的才子"，拒绝任何爱的关怀。甚至，仅仅提到"爱"这个字也让我感到很愤怒。

一天晚上，在经历了一个特别难熬的白天之后，我怒气冲冲地跑回房间，狠狠地摔上房门，倒在床上。当我的手指滑到枕头下面，我发现一个信封。我把它拉出来，看到信封上写着："当你孤独的时候，读一

读它。"既然我是独自一人，那么反正不会有人知道我是否读过它，于是我就打开它。只见上面写着：

　　"迈克，我知道你的生活现在很艰难，我知道你很失落，我知道我们做的事都不合你的心意。我也知道我全心全意地爱你，不管你做什么或者说什么，都不会改变这一点。如果你需要和人交谈，我会随时奉陪；如果你不想，也没关系。我只是希望你能知道，不管你去哪里，不管你做什么，在你的一生中，我永远爱你，永远以你是我的儿子而感到骄傲。我会永远站在你的背后支持你，我会永远爱你，这一点永远不会改变。——爱你的，妈妈。"

　　那是"当你孤独的时候读一读"的信中的第一封。在我成年之前，他们从没有在我面前提起过这些信。

　　成年后，我曾经在佛罗里达州的萨拉索塔主持过一个课堂讨论会。那天快结束的时候，一位女士走到我身边，把她和儿子之间的隔阂告诉

了我。我们一起来到沙滩上，我把我的妈妈及她那些 "当你孤独的时候读一读"的信的事情告诉了她。几个星期后，我收到她寄来的一张卡片，上面说她已经给儿子写了第一封信，儿子很感动。

那天晚上，当我上床睡觉的时候，我把手伸到我的枕头底下，回味以前每次摸到信的时候所感到的安慰。在我十几岁的时候，我知道我之所以被爱不是因为我很杰出，而是因为我是妈妈的儿子！

不论生命之海遭遇什么样的风暴，我知道在我的枕头底下有世上最坚固、最持久、最无条件的爱，这是我改变命运的可靠保证。

---

**写作技巧** / Writing Skill

精彩的内心独白，写活了人物：全文多处运用内心独白的手法来抒情。这一技巧的运用，不仅将少年的叛逆性格表现得淋漓尽致，而且对情节的发展起到了有力的推动作用。

**爱的箴言** / Loving Speaking

母爱是世上最坚固、最持久、最无条件的爱，也许它曾经遭遇孩子的叛逆、拒绝，甚至是无情，但它不会有丝毫的动摇。终有一天，它会打开孩子那座叛逆而紧闭的大门，给孩子的人生带去最灿烂的阳光。

# 孩子，请给妈妈让座

文/肖芸

父母对子女的最好馈赠，
就是培养他们的高尚品质。

儿子13岁生日那天，我很郑重地提出了一个要求：以后在公共汽车上，如果只有一个座位，那么请让座给我。儿子很吃惊，因为以前都是父母为他让座，这仿佛是天经地义的。我说："孩子，你快和妈妈一般高了。你身体健康、精力充沛，而妈妈已人到中年，腰腿都不如以前了。"儿子说："妈妈，我懂了。"

几天后，我和儿子路过一家大酒店，一个熟人正搂着她的宝贝儿子在众亲友的簇拥下走出门来。见到我，她神采飞扬地说，儿子12岁生日，摆了十几桌酒席。我问那男孩，知道妈妈的生日是几月几日吗？

那男孩发光的双眼顿时变得迷茫起来。熟人哈哈大笑，拍着我的肩说："将来想指望他们？没门儿！等你老了走不动了，就进养老院吧！"那一拨儿人风风光光地走了，我小心翼翼地将目光转向儿子。出乎我意料的是，儿子说："等那个阿姨老得走不动了，她就不会说这样的话了。"这回轮到我惊诧了：儿子真的长大了！

公共汽车上，终于有了一个空位，儿子习以为常地一屁股坐下，但随即触电般地跳了起来，说："妈妈，您坐。"我如梦初醒地坐下了。看来我和儿子都没习惯这样的让座，但我们都会习惯的，就像我们终究要习惯让孩子去独闯天下一样。🔲

---

**写作技巧** / Writing Skill

立意新颖，反弹琵琶：父母为孩子让座，仿佛是天经地义的。可作者偏偏从孩子要给妈妈让座写起，原来母亲的苦心乃是让孩子了解母亲的艰辛，使孩子的身心一起成长起来。这种写法可谓以小见大，别开生面。

**爱的箴言** / Loving Speaking

父母爱孩子、疼孩子是与生俱来的，但爱不等于溺爱，疼不等于娇惯。很多时候，父母教给我们的，都是去做一件件小事，然而，正是这一件件小事，让我们养成了爱的习惯，真正懂了爱。

# 孩子无罪

文/佚名

*母爱是人性中最美丽的语言，它是包容的"灵药"，*
*它能抚平心灵中的怨恨，化解人世的嫉妒、报复……*

这是一个真实的故事，讲的是第二次世界大战以后德国的事情：一个纳粹战犯被处决了，他的妻子因为无法忍受众人的羞辱，吊死在了自家的窗外。

第二天，邻居们走了出来，一抬头就看见了那个可怜的女人。窗户微开，她两岁的孩子正伸手向悬挂在窗框上的母亲爬去。眼看另一场悲剧就要发生了，人们都屏住了呼吸，默默地观望。

这时，一个叫艾娜的女人不顾一切地向楼上冲去，把危在旦夕的孩子救了下来。

艾娜收养了这个孩子，可她的丈夫正是因帮助犹太人而被这个孩子的父亲当街处决的。

街坊邻居中没人理解艾娜，甚至没有人同意让这个孩子留在他们的街区，他们让她把孩子送到孤儿院或者干脆把孩子扔掉。艾娜不肯，便有人整日整夜地向她家的窗户扔垃圾、辱骂她。她自己的孩子也对她不理解，甚至以离家出走相威胁。

可是，艾娜始终把孩子紧紧地抱在怀里，她说得最多的一句话就是："你是多么漂亮啊，你是一个小天使。"

渐渐地，孩子长大了，邻居们的行动已不那么偏激了。但是，还是有人常叫他"小纳粹"，同龄的孩子都不跟他玩。他变得性情古怪，常常以恶作剧为乐。直到有一天，他打断了一个孩子的肋骨，邻居们瞒着艾娜把他送到了十几里外的教养院。

半个月后，几乎发疯的艾娜费尽周折，终于找回了孩子。当他们

再次出现在愤怒的邻居们面前时，艾娜紧紧地护着孩子，对邻居们说："孩子是无罪的，给他点儿爱吧，他也会是一个可爱的天使的。"

就是从那个时候起，孩子知道了自己的身世，他痛哭流涕，悔恨充斥着幼小的心灵。艾娜告诉他，最好的补偿就是爱，爱你身边的每一个人。

从此，他痛改前非，认真做人。在别人的诋毁与侮辱面前，他不再针锋相对；在别人有困难时，他又总是不计前嫌，乐于助人，并友善地与人相处，礼貌待人。

多年来，一直有一个坚定的信念在支撑着他：一个不相干的女人给了自己一份母亲的爱，我还有什么理由不去爱别人呢！

---

**写作技巧** / Writing Skill

一语点亮文思："孩子是无罪的，给他点爱吧……"这一发自肺腑的言语，道出了母亲的感受：她痛恨战争，却深为关切这个无辜的生命。这句话是对爱的呼告，表现了母亲无比宽容的胸怀。

**爱的箴言** / Loving Speaking

什么样的爱能够超越战火、超越杀戮，甚至是超越仇恨呢？是母爱。母爱足以让一切丑恶的行为自惭形秽，母爱足以融化一切仇恨的坚冰。当成长中，伴随着这样伟大而无私的母爱，我们的心也会随之宽容、大度乃至博爱。

# 价值20美金的时间

文/佚名

在大人眼中，时间就是金钱。而在小孩子眼中，
金钱却能买来时间——家人团聚的幸福时光。

一位父亲下班回家已经很晚了，他又累又烦。这时，他5岁的儿子靠在门边正等着他。"爸爸，我可以问你一个问题吗？"儿子问。"当然可以，什么问题？"父亲回答。"爸爸，你一小时可以挣多少钱？""我一小时挣20块。""爸爸，你可以借我10块钱吗？"父亲终于发怒了："如果你问这个问题只是要借钱去买一些毫无意义的玩具或东西的话，给我回到你的房间并上床，好好想想为什么你会那么自私！"

小孩安静地回到自己的房间，并关上了门。大约一个小时后，父亲慢慢平静下来，他开始觉得自己刚才对孩子可能太凶了。父亲走到小

孩的房间，问道："你睡了吗，儿子？""爸爸，我还没有睡呢。"小孩回答。"对不起，"父亲对孩子说，"我将今天的不愉快都爆发出来了，这是你要的10块钱。""爸爸，谢谢你！"孩子叫着，并愉快地从枕头下面拿出一些弄皱了的钞票，认真地数着，然后看着他父亲。

父亲生气地问："为什么你有钱了还要问我要更多的钱？""因为之前我不够，但我现在足够了。" 孩子看着父亲说，"现在我有20块钱了，我可以向你买一个小时的时间吗？你上班太辛苦了，明天请早一点回家，我想请你吃晚餐！"

**写作技巧** / Writing Skill

先抑后扬的写法，令文章情趣横生：儿子向爸爸要钱并不是为了买玩具或好吃的，而是要买时间，让爸爸多陪陪自己。孩子的天真和真诚，怎能不使人感动？

**爱的箴言** / Loving Speaking

父亲总想尽最大的努力，想把最好的都献给孩子，尽管有时会忽略了孩子的想法，但这却是最深沉的父爱。孩子在这样的爱中健康成长着，也在这样的付出中渐渐懂事。不知何时，他们已学会了用他们尽管幼稚、但纯洁而真挚的情感回报父母。

# 架子鼓里的母爱心跳

文/池晴佳

母亲的心跳，是孩子安睡的催眠曲；
母亲的爱，使轰隆作响的架子鼓也能奏出让人感动的音乐！

劳拉是电台的音乐节目主持人。不幸的是，当劳拉怀上孩子刚4个月时，丈夫却在一次惨烈的车祸中撒手人寰。就在这个时候，几乎对生活失去希望的劳拉感觉到了胎动。一种爱的力量让痛苦的劳拉决心振作起来，把孩子抚养成人。她买了一个"婴儿知心仪"。通过这个带录音的小装置，劳拉听到了一个不可思议的世界——宝贝的心跳。

终于，宝贝降生了，劳拉给他取名为蒂姆。不幸的是，蒂姆出生不久就被诊断出患有睡眠障碍。医生建议用音乐帮助孩子入睡，可蒂姆对这些音乐一点儿也不感兴趣，他哭得通红的小脸上挂满泪痕。夜深了，

焦急的劳拉陷入了沉思。最后，劳拉颇费心思地在电台制成了一张音乐CD。 神奇的是，当那些时隐时显的音乐在空气中弥漫开时，蒂姆逐渐停止了哭声。那优美的音乐里融合着一种独特的鼓音，浑厚的鼓点子一声又一声像大海潮汐一样充满了韵律，蒂姆在这宁静的节拍中睡着了。

从此，这盘CD就一直陪伴着蒂姆成长。让人欣慰的是，蒂姆颇有音乐天赋，也许是受了那独特鼓音的影响，他9岁就成了小小鼓手。中学毕业时，他被英国皇家少年乐队选中，成为一名鼓手预备队员。 可不幸的是，劳拉被查出患有严重的心脏病，不得不放弃了工作，因此蒂姆希望自己能顺利被乐团录取，这样他就能接替母亲工作挣钱了。可要成为正式成员必须经过严格的考核，他的训导老师毫无情面地说："你的架子鼓敲得没差错，但缺乏气势，也不能让人感动。" 蒂姆从来没有想过，轰隆作响的架子鼓也能让人感动。他开始勤奋练习，可依然如故。训导老师点拨他说："你还记得是什么使你对架子鼓感兴趣的吗？" 蒂姆立刻想到了什么。他回到家里取出收藏的那张CD，顿时，那浑厚的鼓声

从播放器里传出来！正是这奇特的的鼓声让他的人生拥有了第一个安稳的睡眠，也正是它让蒂姆对音乐产生了兴趣。蒂姆试图敲出那种节奏，可他发现根本无法模仿。蒂姆禁不住问劳拉："妈妈，这鼓点子是怎么敲打出来的？"劳拉只是微笑着说："大概是用爱吧。"蒂姆不明白那是怎样的一种爱。他不断倾听，反复练习，希望能掌握那奇特的演奏技巧。

一晃半年，蒂姆即将参加进入乐团的最后选拔，此时母亲劳拉却住进了医院。就在蒂姆即将登台前的半个小时，蒂姆接到了医生约翰先生的电话："孩子，你母亲劳拉让我转告你，她永远爱你。"随后，他有点哽咽地告诉蒂姆那盘CD的秘密。顿时，一种不可名状的感动击打着蒂姆的心……

轮到蒂姆演奏了，他站在舞台上含泪说："对不起，我打算放弃原定的参赛曲目。我想用下面这支曲子纪念我的母亲，因为她在半个小时前刚刚去世了……"评委们十分震惊，音乐厅的空气变得凝重起来。

静默中，一声由远而至的鼓音响起来了，仿佛向人们开启了一扇爱

之门。那顿挫的鼓音让人感到——那就是蒂姆的心跳，他的内心正在经历着惊涛骇浪。鼓音越来越密集，就像和蒂姆的心跳合二为一。 表演结束了，人们站起来为蒂姆精彩而真诚的演奏鼓掌。评委们激动地问他这支鼓曲的名字，蒂姆说："它叫做《母亲的心跳》。"原来，当年劳拉为了让蒂姆安然入睡，用"知心仪"录下了自己的心跳，再把心跳声巧妙地制作在那张音乐CD里。

原来，在这个世界上并没有什么奇特的演奏技巧，只要有爱，即使是轰隆作响的架子鼓也能奏出让人感动的音乐！🖾

---

**写作技巧** / Writing Skill

巧设伏笔，深化主题：母亲特意制作的音乐CD一直伴随着蒂姆，而直到最后蒂姆才知道，音乐CD中的鼓声就是母亲的心跳声。文章巧设埋伏，渲染出了母爱的伟大。

**爱的箴言** / Loving Speaking

母亲孕育了我们的生命，我们和母亲血脉相连，情深难舍。等到我们长大了，母亲也老了，可母亲仍然会用她那无私的爱向我们源源不断地输送着生命的力量，鼓励我们勇敢前行。

# 今天是个好日子

文/加内特·亨特·怀特 [美]

*乐观的父母教导孩子们，从厄运中发掘出美好的一面，*
*就会把坏事转化为积极的动力。*

"**如**果这是今天最糟的事情，那么今天是个好日子。"这就是我父母的生活哲学。一旦发生什么糟糕的事情，他们总是这样面对，并且教导孩子们从厄运中发掘美好的一面，把坏事转化为积极的动力。

在我生长的乡村小镇，如果要买结婚蛋糕这类特别一点的东西，就必须经历来回60英里(1英里约合1.6千米)的艰难跋涉。我和格伦举行结婚典礼的前一天，他便进行了这样的一次远行，带回一只多层蛋糕。蛋糕上盖了张蜡纸，以保护糖霜。现在，它正静静地躺在汽车后座上。

爸爸欣喜地推开车的后门，我和妈妈跑出去想先睹为快。格伦刚停

好车，我们就把脸贴在车窗上，赞叹着那结着霜的白玫瑰花饰，还有蛋糕上闪闪发亮的小新娘、新郎雕像。

格伦打开车门，跳到草坪上，大喊着："美丽的蛋糕给美丽的……"就在格伦讲话时，雷克斯——我们的爱犬，从爸爸身边一跃而过。当我和妈妈还在对着车窗欣赏时，雷克斯从方向盘后面跳到后座上，勉强保持了一两秒钟的平衡，最后重重地落在了那张盖蛋糕的蜡纸上。"雷克斯，不要！"我们四个人异口同声地喊道。

说时迟那时快，蛋糕上的小新郎、新娘雕像已经倒下，几层蛋糕塌在一起。雷克斯知道自己闯祸了，夹着尾巴爬到窗前，对着我的脸做出道歉的样子。结果把我珍贵的蛋糕仅存的完好部分踩坏，最后雷克斯干

脆"扑通"一声坐在那乱糟糟的一团上。每个人都笑了，只有我除外。"我的蛋糕啊，"我号啕大哭，"婚礼全给毁了！"格伦拥着我说："亲爱的，有你和我，就有婚礼，只要我们拥有对方，一切都是完美的。""如果这是今天最糟的事情，"活泼的老爸好像吟诗一样，"那么今天是个好日子。""永远不要忘记，还有更坏的可能性。"母亲体会得到我绝望的心情，她安慰我说。接着，她对爸爸和格伦说："你们两个男人把雷克斯抱走，然后把蛋糕拿到餐桌上。"一家人把东倒西歪的蛋糕仔细研究了一番，最后，妈妈拿起电话拨了两个号码。"婚礼计划不变，就当什么都没发生。"妈妈一锤定音。

第二天上午10点，负责在婚宴上分蛋糕的两个表妹碧尤拉和乔治娅来了。"我们是蛋糕造型师。"她们宣布着。"听说结婚蛋糕需要修理？"她们嘻嘻哈哈地问着。

碧尤拉和乔治娅带来了自制的白蛋糕、几碗白色的糖霜，还有几盒西点奶油。她们一连干了几个小时，直到把蛋糕恢复原状。这时，我的心情也恢复了。妈妈、碧尤拉和乔治娅用糖霜把一块块白蛋糕粘到需要

修补的地方，再把奶油抹到补丁上，将破损掩盖起来。"看，我们用糖霜和奶油把昨天的一团糟变成了今天的杰作。"妈妈微笑着说。

婚礼如期举行，当修补如初的结婚蛋糕出现在宾客们面前时，人群中响起一片赞叹声："啊，多美的婚礼蛋糕啊！"

那一刻，格伦在我耳边轻声说："我想我们会继承你父母的哲学——如果这是今天最糟的事情，那么今天是个好日子。"

---

## 写作技巧 / Writing Skill

反复强调中心句，使文理紧凑而自然："如果这是今天最糟的事情，那么今天是个好日子。"这一中心句在文章的开头、中间和结尾共出现了三次，不但照应了标题，而且推动了故事情节的发展，深化了主题。

## 爱的箴言 / Loving Speaking

父母带着孩子趟过岁月之河，即使面对险滩急流，他们也能凭借自己的生活哲学，将险滩化为坦途，使急流趋于平和。我们聆听着他们的生活哲学，从一个不谙世事的孩童成长为青少年，怎能忘怀双亲的深恩？

# 令人崇敬的母亲

文/玛丽·莱坚特 [美]

一个拥有美貌和才艺的母亲，是令人美慕的；
而一个无所不能、充满爱心的母亲，更加令人崇敬。

像大多数小孩子一样，我相信我母亲无所不能。她是个精力充沛、朝气蓬勃的女性，打网球，缝制所有的衣服，还为一个报纸专栏供稿。我对她的才艺和美貌崇敬无比。

母亲爱请客，她会花好几小时做饭前小吃，摘下花园里的鲜花摆满一屋子，并把家具重新布置，让朋友们好好跳舞。然而，最爱跳舞的是母亲自己。我会入迷地看着她在欢聚前盛装打扮。直到今天，我还记得我们喜爱的那件配有深黑色精细网织罩衣的黑裙子，那件衣服把她那金黄色的头发衬托得格外美丽。然后，她会穿上黑色的高跟舞鞋，成为我

眼中全世界最美的女人。

可是在31岁的时候，她的生活变了，我的生活也变了。仿佛在突然之间，她因为生了一个良性脊椎瘤而导致瘫痪，平躺着睡在医院病床上。我当时10岁，年纪还小，不能领会这种病会带来怎样的结果，更不明白她从此以后便和以前永远不一样了。

母亲以她对其他一切事物的那种积极心情面对她的病。经过一段时间的治疗，母亲终于可以起来坐轮椅了。于是，她开始尽力学习一切残疾人士的知识，后来成立了一个名叫残障社的辅导团体。

有天晚上，母亲带着我的妹妹和我到残障社去。我从没见到过那么多身体上有各种不同残疾的人。我回到家里，心想：我们是多么幸运啊。

亲爱的韦蒙：
自从接到你的信后……

由于母亲那么乐观地接受了她的处境，我也很少对此感到悲伤或怨恨。

可是有一天，我不能再心平气和了。在我母亲穿高跟鞋的形象消失以后很久，我家有个晚会。当时我十几岁，当我看到微笑着的母亲坐在旁边看她的朋友跳舞时，突然醒悟到她的身体缺陷是多么残酷。我奔回自己的卧室，哭了起来，对我母亲身受的不平深感愤慨。

我长大后在州监狱任职，母亲毛遂自荐去监狱教授写作。我记得只要她一到，囚犯们便围着她，专心聆听她讲的每一个字，就像我小时候那样。她甚至不能再去监狱时，仍与囚犯们通信。

有一天，她给了我一封信，叫我寄给一个姓韦蒙的囚犯。我问她我可不可以看信，她答应了，但她完全没想到这信会给我多大的启示。信是这么写的：

亲爱的韦蒙：

自从接到你的信后，我便时常想到你。你提起关在监狱里是多么难受，我深为同情。可是你说我不能想象坐牢的滋味，那我觉得你是大错特错了。监狱是有许多种的，韦蒙。

我31岁时有天醒来，人完全瘫痪了。一想到自己被囚在躯体之内，再也不能在草地上跑或跳舞或抱我的孩子时，我伤心极了。有好长一段时间，我躺在那里问自己这种生活究竟值不值。我所重视的所有东西，似乎都已失去了。可是，后来有一天，我忽然想到我仍有选择的自由。比如，看见我的孩子时应该笑还是哭？我应该咒骂上帝还是请他加强我

的信心？换句话说，我应该怎样运用仍然属于我的自由意志？

我决心尽可能充实地生活，设法超越我身体的缺陷，扩展自己的思想和精神境界。我可以选择为孩子做个好榜样，也可以在感情上和肉体上枯萎死亡。自由有很多种，韦蒙。我们失去一种，就要寻找另一种。你可以看着铁栏，也可以穿过铁栏往外看，你可以作为年轻囚友的榜样，也可以和捣乱分子混在一起。从某种程度上说，韦蒙，我们的命运相同……

看完信时，我已泪眼模糊。然而，我这时才能把母亲看得更加清楚，我再度感到一个女儿对无所不能的母亲的崇敬。▣

---

## 写作技巧 / Writing Skill

以"我"的心情变化为线索构建文章：母亲的经历是曲折的，"我"的心情也随之变化，如：对健美的母亲崇敬无比，对残疾的母亲感伤不平，对给囚犯写信的母亲再次充满崇敬。此法既烘托了主要人物，又使文章充满人情味。

## 爱的箴言 / Loving Speaking

故事中的母亲具有常人不可多得的坚强品质，令"我"深深崇敬和感动。可以说，母亲是孩子的镜子。母亲的嘉言懿行，不但对她周围的人产生了积极影响，而且在子女的心中留下了不可磨灭的印记。感谢母亲，让我们学会了坚强！

# 楼梯上的扶手

文/爱德华·齐格勒 [英]

曾几何时，父母不能再拉着儿女的手去看夕阳，
此时儿女就成了他们手中的拐杖。

我的腿跛得厉害，上下楼梯时拉扶手使的劲越来越大，走楼梯、跨台阶、去溪边也越来越不利落。从我3岁那年得了骨髓灰质炎并留下后遗症后，我这两条病弱的腿就成了自己不渝的伙伴。如今，我已经45岁了。我的儿子麦修具备所有我所缺乏的自信。他今年17岁，有一头金黄色的头发，体格健壮。他的手很巧，是个抓鳟鱼的能手。

他一天天地长大，而我却一天天衰弱。看看晃晃荡荡的楼梯扶手，我的担心与日俱增，修扶手已不能再拖了。我去请过几个木工，可谁也不想来干这点零活。我走楼梯需更小心谨慎了。

　　我虽然跛，不过在晴朗的夜晚我还能搬着我那老式的尤尼特伦望远镜登上松林边的小山冈，把望远镜支在三角架上，对着星图寻找新的球状星云和双星。麦特（麦修的爱称）常来帮我支架望远镜。有时他会留下来透过接目镜看看天空。也是在这样一个夜晚，他又要我讲讲他和天狼星——那颗天空中最亮的恒星之间的故事。西瑞依斯（天狼星）是麦特的中间名字，是为纪念他出生在蓝白的天狼星和壮观的猎户座星光下而起的。麦特就是在这座小山冈下面的小松林里出生的。

　　那天他母亲沙莉是半夜以后醒过来的。她用变了调的尖声叫醒了我："快起来，孩子就要降生了！"那时我的腿比现在灵便，我跳起来穿上衣服，抓了车钥匙就冲下楼去。沙莉已经给医生打了电话，又叫了一个邻居来照看安德鲁。等那邻

居来了以后，沙莉和我就去上车。我们那辆月白色的老福特停在50英尺外的松林旁边。我坐在方向盘后面，"上车吧，沙莉，我们走。"我说。她还在犹豫。"我……我不能坐了。""你怎么了？""婴儿的头就要生出来了……你最好还是过来接着吧！"这时沙莉已经爬上了前座："你快过来呀！"我从来没听过这种充满了惊恐和紧张的声音。在这秋夜的星光下，我过去接住了婴儿。这个小小的、有着体温的圆东西还没有完全生出来，就爆发出响亮的哭声。我右手托着他的脑袋，左手托着后背，惊奇地看着这个能哭会喊的像模像样的婴儿。我小心翼翼地提着婴儿的脚后跟，托着婴儿的头，借着星光我看到小身体上那个小雀雀正对着我。"是个男孩！"我喊了起来，兴奋的热血涌遍了全身。接着我把他递给了他母亲，给他们披上了大衣。一会儿救护车到了，医护人员接替了我。这就是婴儿在洗礼时被命名为麦修·西瑞依斯的缘由——因为他降生到我的双手中时，天狼星正在我的头顶上照耀着。

有天晚上，我工作完后正准备攀扶着楼梯上楼去休息时，发现扶手已不再晃荡了，它好像被钉在岩石上。"沙莉，"我喊道，"你知道这扶手修好了吗？""对，你去问问麦特。"麦特回来后，说扶手是他修的。"那我该为你做什么呢？""不用，你已经为我做过了。你知道，我降生在你的双手里，使我没落在地上。所以，我该报答你。"在沉默中，我的心感到一种强烈的感情热流在我们之间流动。

10年过去了，楼梯扶手依然牢固如初。天狼星也依然在松林上升起，而我每次看到它，心里就充满谢意。🖂

---

**写作技巧** / Writing Skill

　　双线交织叙述，情感一以贯之：本文是用两条线索贯穿起来的，一条线索是楼梯被修好的经过，一条线索是儿子的名字和天狼星的故事。虽然两条线索交织在一起，但由于都是围绕父子亲情的主题，所以条理分明，丝毫不乱。

**爱的箴言** / Loving Speaking

　　再坚强的父亲，也会为孩子那份爱的回报而为之动容；再聪明独立的我们，在成长的过程中，也离不开父亲的扶持。人生道路上，似乎总有无限的爱与温暖伴随我们前行，那便是父爱，深沉的父爱。

# 每一个脚印都是你自己走的

文/陈文海

有一种爱，很像苦丁茶：

初尝起来是清苦的，再细回味，却是那沁人心脾的芳香。

6岁那年，他得了一种怪病：肌肉萎缩，走路时两腿无力，常常跌倒，且每况愈下，直至行走越发困难。

他父母急坏了，请了无数专家诊疗。每一家医院的结果都一样——重症肌无力。专家说，目前此病只能依靠药物并辅以营养搭配与身体锻炼来调节。他的生活从此变得不同于常人。

上小学了，他开始有了自己的苦恼。他家离学校很近，正常孩子十多分钟便能走完的路程，他却要花费几倍的时间才能到达。

9岁那年的冬天，一个下午，天气骤变，随后便雪花飞舞。到放学

时，路上已是厚厚的一层雪。很多家长赶到学校来接孩子。他想自己腿脚不方便，雪又这么大，爸爸、妈妈一定会来接的。他站在校门口，等着。直到孩子都被家长接走了，也未见到自己的父母。他的焦急变成了伤心：爸爸、妈妈为什么不疼爱我？工作再忙也得想到我呀！他的泪在脸上蜿蜒。终于，他吸了一口气，咬咬牙，迎着暮色，踏上了返家的路。这一段路途走得实在艰难，不知摔了多少跟头，也不知走了多长时间。委屈、恐慌、愤怒交织在一起。他想等到了家里，父母不管说什么理由，他也不理会他们。此时，他恨极了父母。

终于，他蹒跚到了家门口。让他没想到的是，眼含热泪的爸爸急急地跑过来为他开了门。随后，他那掩面痛哭的妈妈一下子扑上来，紧紧地、紧紧地抱住了他。一家三口哭成一团。许久，哭红眼睛的妈妈无比怜爱地摸着他的头，对他说："孩子，你回头看一看，那路上的每一个脚印都是你自己走的。今天，爸爸、妈妈真为你感到骄傲与自豪……在你以后的生活中，肯定会遇到许许多多的困难。如果都能像今天这样顽强地走过来，那你将永远是爸爸、妈妈心中最有出息

的孩子，是最棒的男子汉。"

他是我的学生，告诉我这件事的时候，他已是个14岁的少年，必须借助拐杖才能走路，但他很乐观。他说，永远忘不了那个冬夜傍晚的一幕，牢牢记得妈妈跟他讲的话——"每一个脚印都是你自己走的。"正是这句话，让他在后来乃至将来的生活中树立起强大的信心，让他敢于面对一切困难。他说这些话的时候，坚毅的目光透着同龄孩子少有的刚强。

是的，每一个脚印都是你自己走的。人生的旅途中，父母只能陪伴你一程，更多的艰难险阻必须自己去克服。🖼

---

**写作技巧** / Writing Skill

先抑后扬的写法，使文章更精彩耐看：在"他"雪天独自走回家的事件中，先写"他"对父母的抱怨，这是抑；再写"他"回家后终于明白父母的苦心而心怀感激，这又是扬。这样，故事前后的基调形成鲜明的对比，给读者留下深刻的印象。

**爱的箴言** / Loving Speaking

深沉的父爱和温馨的母爱，是我们一生中最宝贵的财富。然而，在爱的呵护下，我们不应依赖，而应学会独立与坚强。因为，无论父母多么爱我们，他们也无法陪伴我们一生，毕竟，很多路必须靠我们自己来走。

# 密码中的真情

文/霍忠义

亲情无处不在，点点滴滴都是，只要你肯用心去体会，
就会为之深深感动……

初入大学时，父亲为她办了一张银行借记卡，并存入一学期所需的全部费用。远行的前夜，父亲特意告诉她卡的密码，并告诫这个密码要铭记在心，万勿随处乱记，否则密码被人知道就不安全了。

女孩当时意气风发，对父亲的话并未在意。到了学校，要缴6000元的学费，把卡插入自动提款机，可怎么也想不起密码了。无奈，她只好打电话问父亲，父亲耐心地将密码重复了几遍。为了更便于女孩记忆，父亲又提示说："这密码是你妈妈的生日，你可要记住哦！"

过了一段时间，女孩又要取钱，却又想不起密码了。知道这组数字是妈妈的生日，女孩不好意思再问爸爸，更不好问妈妈，钱自然无法取出，她只能向同学借钱花。

暑假回家，父亲问她钱花得如何，女孩哭了。知道了原委，父亲没有责怪女孩，反而安慰她说没有关系。女孩却有点生气，质问父亲，为什么不把密码设成她的生日。父亲说："不设置成你的，是为了保护你。"他进一步解释说："通常，人们会将银行卡和身份证放在一起，这样，如果两样东西同时被盗，后果不堪设想。"

暑假结束，女孩回学校，从此她记住了母亲的生日。在母亲生日的时候，女孩还专门给母亲寄了一张漂亮的贺卡，收到贺卡后父母很是欣慰。

不久，家乡传来噩耗：父母在一次车祸中同时遇难。晴天霹雳！女孩疯了一样赶回家，昏倒在父母的遗体前。

在众多亲友的帮助下，女孩安葬了父母。整理父母的遗物时，她发现了一张储蓄卡。女孩潸然泪下，父母曾经告诉过她，家里还有一张卡，存着她四年大学生活的全部费用。女孩知道，这是父母多年的血汗钱。

拿着卡回到学校，女孩日日以泪洗面。虽然很思念、很悲伤，可是日子还要一天天过。在老师的关爱和同学的帮助下，她渐渐恢复了过来。女孩自己卡上的钱已经用完，她拿出了父母遗留下的卡去取钱。

在自动提款机上，她先输入了母亲的生日，

屏幕显示：错！再输入父亲的生日，还是显示错。她急忙将卡抽出，心中焦虑：卡上会用什么数字做密码呢？离家之前，女孩曾经找遍父母的遗物，却没有发现任何关于密码的信息。 她再度把卡插入，下意识地输入了自己的生日数字。屏幕立即显示：请输入取款金额。 女孩的眼泪哗哗地流了下来，父母使用的储蓄卡用的密码肯定是他们最容易记忆的数字，也是他们最珍惜的数字，这一点做女儿的怎么没想到呢？

取完钱，女孩修改了密码，她输入的数字是父母的忌日。这是一个最不应该忘记的数字。 🔲

---

**写作技巧** / Writing Skill

用"密码"引导主题层层深化，情节一波三折：全文紧紧围绕着"密码"而展开。在一个接一个的密码故事中，既有父母的深情，也有女孩的误解、感动和忏悔，主题渐次明朗。含蓄的结尾，更是对主题的升华，亦是点睛妙笔。

**爱的箴言** / Loving Speaking

父母对孩子的爱是最伟大、最无私的，他们把孩子当成生命中最宝贵的财富；父母记得我们成长中的点点滴滴，而我们却很少关注父母的生活。其实，父母的爱是人生中最宝贵的、最应该珍惜的精神财富。切莫待双亲老去，才追悔莫及。

# 免 费

文/佚名

有了母爱，才有了生命的肇始和延续。

母爱是伟大的，也是无私的，它不需要回报，也没有人回报得了。

一天晚上，当母亲在厨房正准备晚餐的时候，儿子拿着一张写满字的纸走向她。母亲在围裙上擦干净手，然后读这张纸，上面写着：

割草5.00美元；这星期整理我的房间1.00美元；为你去商店0.50美元；当你去购物时照管我的小弟弟0.25美元；出去倒垃圾1.00美元；获得良好的成绩报告单5.00美元；修整和为花园翻土2.00美元 。

总计应获得14.75美元。

母亲看着儿子满怀希望地站在那儿，便拿起钢笔把儿子已写过的纸翻过来，在上面写道：

当你在我腹内生长，我怀着你的那9个月是无价的；我陪着你一起熬夜的那些晚上，为你求医、祈祷，这是无价的；这些年来你曾造成的恼人境况和所有的泪水，那是无价的；当你把以上所有的累加起来，我对你的爱的价值是无价的；那些昔日忧惧的夜晚和将来面临的烦恼，这是无价的；为你准备玩具、食物、衣服甚至为你擦鼻涕，那是无价的。儿子，当你把以上所有的累加起来，真挚的爱的全部价值是无价的。

当儿子读完母亲写的话之后，他双眼含泪，直直地看着母亲说："妈妈，我真爱你。"

最后，他拿出钢笔在"账单"上用大写字母写道："全部付清。"

---

**写作技巧** / Writing Skill

通过对比，凸显主题：作者匠心独运，将母亲和儿子的"账单"作为切入点，并进行鲜明的对比，体现了母爱的无私和伟大。

**爱的箴言** / Loving Speaking

"爱是施与，不是取得。"父母即使心力交瘁，也不会放弃对孩子的爱与关怀。那么，孩子该怎样回报父母呢？你可以用任何方式，但请记住：亲情永恒，亲情无价！

# 母爱是一根穿针线

文/尤天晨

一句"母亲很容易满足"，
道出了天下所有母亲的心声——
"只要理解妈妈就行了。"

母亲为儿子整理衣服时，发现儿子衬衣袖子上的纽扣松动了，她决定给儿子钉一下。

儿子很年轻，却已是一名声誉日隆的作家。天赋和勤奋成就了他的今天。母亲因此而骄傲——她是作家的母亲！

屋子里很静，只有儿子敲击键盘的滴滴答答声。母亲能从儿子的神态上看出，他正文思泉涌。她在抽屉里找针线时，不敢弄出一点声响，唯恐打扰了儿子。可她遇到了麻烦，当年的绣花女连针也穿不上了。现在明明看见针孔在那儿，就是穿不进，可她丝毫没有放弃的意思。

儿子已对文章进行后期排版，他从显示屏上看见反射过来的母亲的身影，怔住了。他忽然觉得自己就是那根缝衣针，虽然与母亲朝夕相处，可他的心却被没完没了的文章堵死了，母爱的丝线在他这里已找不到进出的"孔"，可母亲还是不甘放弃。儿子的眼睛热了，他这才想起许久不曾和母亲交流过感情了。"妈，我来帮你。"只一刹那，丝线穿针而过。母亲笑靥如花，用心为儿子钉起纽扣来，像在缝合一个美丽的梦。

儿子知道今后该怎么做了。因为母亲很容易满足，比如，只是帮她穿一根针，实现她为你钉一颗纽扣的愿望，使她付出的爱畅通无阻。就是如此简单。🔲

---

**写作技巧** / Writing Skill

立意翻新，小中见大：题目很新颖：母爱是一根穿针线。故事很简单：儿子帮母亲穿针。可对这件极小的事，作者却提炼出深刻的主题。

**爱的箴言** / Loving Speaking

虽然岁月的丝线会爬上母亲的额头，时光的雪花会染白母亲的双鬓，然而，母爱的河流永远是活泼畅流的。不管孩子长多大，不论孩子将来是成名还是成家，母爱之河永远都伴随着我们。

# 母亲的生日

文/佚名

请把对母亲的爱适时地表达出来吧，
不要让它只在追忆中悄然地流逝。

戈菲德在为工作埋头忙碌过冬季之后，终于获得了两个星期的休假。这天早晨出发前，戈菲德打电话给他母亲，告诉她去度假的主意。母亲说："我想看看你，和你聊聊天，我们很久没有团聚了。""母亲，我也想去看你，可是我忙着赶路，因为我同人家已经约好了时间。"他说。

戈菲德开车正要上高速公路时，忽然记起今天是母亲的生日。于是他绕回一段路，停在一个花店门口，打算买些鲜花，叫花店给母亲送去。店里有个小男孩，正挑好一把玫瑰，在付钱。小男孩面有愁容，因为他发现所带的钱不够，少了10美元。戈菲德问小男孩："这些花是做

什么用的？" 小男孩说："送给我妈妈，今天是她的生日。" 戈菲德为小男孩凑足了钱，小男孩满脸微笑地抱着花转身走了。戈菲德选好了花，付了钱，给花店老板写下母亲的地址，然后发动车，继续上路。刚开出一小段，转过一个小山坡时，戈菲德看见刚才碰到的那个小男孩跪在一座小墓碑前，把玫瑰花摊放在碑上。小男孩也看见了他，挥手说："先生，我妈妈喜欢我给她的花。谢谢你，先生。"

戈菲德将车开回花店，找到老板，说："不必麻烦你了，我自己去送。" 📖

---

**写作技巧** / Writing Skill

巧妙嵌套故事，架构别致新颖：戈菲德给健在的母亲买花，小男孩给去世的母亲买花，两个故事嵌套在一起，但表达的都是母爱这一主题。这样的架构，不但丰富了情节容量，而且加深了文章的思想力度。

**爱的箴言** / Loving Speaking

为了孩子，父母倾注了毕生的心血，而且毫无保留、毫无奢求；而为了父母，孩子们都做了些什么？很多时候，我们回报给父母的，不及他们给我们的分毫。然而，只要是我们发自内心的付出，那便是父母最大的幸福了。

# 母亲的牙托

文/晓肖

一副小小的牙托具有神奇的伟力：
在伟大的母爱面前，无药可治的多语症也显得不堪一击！

父母是在我读初中时离异的。父母离异后，我随了母亲。其实在一定程度上，父亲走这一步，就在于母亲一天到晚地唠叨。后来我才知道，母亲得了一种属于更年期引起的多语症。

离婚后的母亲依旧整天唠叨个不停，特别是在我上学前、放学后，因为有我这个"倾诉"的对象，母亲唠叨起来更是没完没了。我不止一次地请求母亲停住嘴，但无济于事。后来母亲意识到这是病症，也曾经到医院就诊，但因无特效药，母亲的唠叨还是时好时坏。

那年中考，一向成绩优异的我没有考上重点高中。这一结局把母亲

惊呆了。

高一开学后的一个星期天，母亲突然由唠叨变得一言不发，我和她讲话，她总是把背对着我，不理我。看到母亲一反常态，我吓坏了，以为她受了刺激而精神失常，便多了个心眼留神观察。

我看到母亲嘴里经常鼓鼓的，像是含了什么东西，便拉着母亲问。母亲被逼不过，只得张开了嘴。

原来，母亲在嘴里含了一副拳击运动员专门用来护齿的牙托。母亲说，为了改掉唠叨的毛病，她尝试了许多种办法，最后选用牙托塞嘴这个办法。

"我就是做哑巴，也要改掉这个坏毛病！"母亲充满信心地说。

母亲的行为深深地打动了我，每当我学习倦怠时，每当我遇到学习中的拦路虎时，就会想起母亲的牙托，于是就勇气倍增。在这种亲情动力的驱动下，三年后的我创造了从普通高中考上清华大学的奇迹。

或许就在发现母亲不说话的秘密的那一天，我才真正了解了母亲。因更年期引起的多语症确实没有什么特效药可治，然而在伟大的母爱面前，它却显得那么的不堪一击！一副小小的牙托竟能发出如此化腐朽为神奇之伟力，多年后的我仍不禁为母亲的煞费苦心和顽强的毅力所感动。

---

**写作技巧** / Writing Skill

　　明线、暗线贯穿全文，令文章的主题更鲜明：文章以母亲的多语症作为明线，以伟大的母爱作为暗线，明线和暗线由"一副牙托"巧妙地结合起来：母亲的多语症正是由于牙托的存在而得到纠正，而牙托中则蕴含着深深的母爱。这种双线结合的手法，进一步深化了文章的主题。

**爱的箴言** / Loving Speaking

　　母亲像大海一样，具有宽广博大的胸怀。她把一生的爱无私地奉献给了子女。她们在疼爱儿女时，具有超常的坚韧和超常的牺牲精神，只要儿女需要，她们可以随时准备奉献乳汁、鲜血，甚至自己的生命……母亲如此伟大，我们还有什么理由不热爱她们呢？

# 母亲的作业

文/贺点松

在母亲心中，儿女是自己的天空，
母亲无怨无悔地付出就是为了撑起这片广阔的天空。

驱车从千里之外的省城赶回老家，杨帆直奔县人民医院。"我母亲得了什么病？严重吗？"他急切地问主治大夫。大夫看看他说："胃癌晚期。老人的时间不多了……"杨帆顿时泪如泉涌。

出了诊所，杨帆立即用手机通知副手，从今天起由他全权负责公司事务。杨帆要在母亲最后的日子里陪伴在母亲身边。父亲早逝，为拉扯他们兄妹四个长大，母亲受尽了千辛万苦。母亲的腹痛是从两年前开始的，杨帆兄妹曾多次要带母亲到省城医院检查，每次母亲都说："不就是肚子痛吗，检查个啥，吃点药就好了，妈可没那么娇气！"母亲总是这样，生怕拖累儿女，生怕影响儿女们的工作。

杨帆开始守在母亲的病床边。母亲每天都要忍受病痛的折磨。杨帆想方设法转移母亲的注意力，减轻母亲的痛苦。他跟母亲聊天，给母亲讲一些有趣的事情，用单放机让母亲听戏……

有一天，陪母亲闲聊时，母亲忽然笑道："你兄妹四个都读了大学，你妹妹还到美国读了博士。可妈连自己的名字都不认得，竟然也过了一辈子。想想真是好笑……"杨帆脑海里立刻跳出一个念头，就对母亲说："妈，我现在教你认字、写字吧！"妈笑了："教我认字？我都快进棺材的人了，还能学会？""你能，妈。认字、写字很简单的。"杨帆说完，就找出一张报纸，教母亲认字——他手指着一则新闻标题上的一个字，读："大。"母亲微笑着念："大。"

隔了几天，杨帆还专门买了一个生字本、一支铅笔，手把手地教母

亲写字。母亲写的字歪歪斜斜，可是看起来很祥和，很温馨。当然，母亲每天最多只能学会几个最简单的字。可是母亲饶有兴趣地让杨帆教她写他们兄妹四人的名字，写那几个字时，满脸都是灿烂的笑容，完全不像一个身染绝症的人。

一个月后的一个深夜，母亲突然走了。那个深夜，杨帆太累了，趴在母亲的床边打了个盹儿，醒来时，母亲已悄然走了。母亲是面带微笑走的。母亲靠在床上，左手拿着生字本，右手握着铅笔。泪眼蒙眬的杨帆看到，母亲的生字本上歪歪斜斜地写着这样一些汉字：杨帆杨剑杨静杨玲爱你们。"爱"字前边，母亲涂了好几个黑疙瘩。

母亲最终没有学会写"我"字。

---

**写作技巧** / Writing Skill

语带双关的精彩结尾，令人回味无穷。文章结尾有两层含义：表面的意思是母亲没有学会写那个"我"字，更深的意思是母亲的一生都是忘我的、无私的。这一结尾言简意丰，给读者留下了无尽的想象空间。

**爱的箴言** / Loving Speaking

世间之爱，母爱最无私。母亲操劳一生，把自己的一切都献给了家庭、儿女，唯独没有她自己。母亲的作业上没有署名，但篇篇都是100分。

# 母亲们的谎言

文/杨如雪

有时候，谎言也是一种爱。面对母亲用爱编织的美丽谎言，
不得不让我们感慨母爱的包容与博大。

**我** 和宝印头挨着头，趴在地上看蚂蚁打架。一只小红蚂蚁离了群，兀自向宝印的小手奔去，那只小手黄黑透亮，疙疙瘩瘩，一点也没有小孩子手应该有的娇嫩红润。蚂蚁爬进了宝印的袖筒。在炎热的夏季，比他大的男孩子都光屁股跑来跑去，只有宝印长袖长裤遮得严严实实，可见他的妈妈非常爱他，怕身子单薄的他感冒着凉。不过，这可能也因为宝印长得实在太丑。他全身上下包括脸部，都长满了一层硬硬的黑黄壳，村里人叫他"蛤蟆皮"。嘴巴刻薄的，带要带上一个"疥"字——"疥蛤蟆皮"。

如今，像宝印这种类型，可以考虑做植皮美容手术，但那时候，这

可是想也不敢想的事儿。幸亏我们都是孩子。我俩好得像糖粘豆。

很快小红蚂蚁消失了，宝印浑身痒了起来。他忍不住把衣服脱得精光，找那只惹祸的蚂蚁。虽然天天看到宝印那张蛤蟆皮脸，但我对他全身的蛤蟆皮还是毫无心理准备。宝印侧着身子使劲掏自己的耳朵眼，抓挠被红蚂蚁咬过的地方。我吃惊地盯着他的全身：干燥的裂了纹的皮肤上，真是斑斑羞辱，点点哀怨。

我跑回家，问母亲：宝印是不是蛤蟆变的？母亲郑重地告诉我，宝印乃是海龙王最小的儿子，因为龙的全身都是鳞片，所以才生成这般模样。原来龙子、龙女到了人间，因为怕被人认出，才会变得这么丑。

第二天上学的时候，我把这事当大新闻告诉宝印，宝印却不以为奇。原来他妈妈——我们的林老师，早就把他"身世"的秘密告诉他了。怪不得宝印在一片歧视和白眼中，还活得那么安恬。虽然孤独，可是他并没像一些身体有残疾的孩子一样沮丧。

这个故事在小伙伴中悄悄流传，他们看宝印的眼神变成了好奇和

羡慕。我和宝印走在一起，也成了公主。可是，美丽温柔的林老师自从收养了宝印这样一个弃儿，就再也嫁不出去了。林老师为什么要编出这样一个故事呢？我那虽然不识字但智慧通达的母亲，为什么也相信这个明显虚假的故事呢？还有村里别的母亲们，她们也不蠢，却串通好了似的，对自己的孩子用肯定的口气维持着这个童话——这个只发生在宝印一个人身上的童话。

宝印没有等到18岁那一天。他患有先天性心脏病，16岁时在睡梦中猝死。▨

---

**写作技巧** / Writing Skill

运用托物寄情的写法，使文章别具一格：看似丑陋的"蛤蟆皮"，却成了展现母爱的窗口——村里所有的母亲都对自己的孩子用肯定的口气维持着一个美丽的童话。托物寄情的写法不但使文章生动感人，而且含蓄蕴藉。

**爱的箴言** / Loving Speaking

"母亲"是一个圣洁的名字，她不单爱自己的孩子，也爱所有的孩子，保护所有的弱小者。只有当我们逐渐长大起来，才会对"母亲"这一角色有深深的理解，才会对那些被称为"母亲"的人怀有深深的敬意。

# 你 好

文/范咏燕

*在父母眼里，孩子是不谙世事的。*
*但在孩子眼里，却有对这个世界的独特理解，包括对母亲的爱。*

**我**与女儿的讨论进入生死话题的时候，正是新年前一天的晚上，女儿刚洗完澡，我把她从浴缸里捞了出来。她在热腾腾的蒸汽里鲜润如花。

女儿托起她的右手掌，左手手指轻轻画过之处，几条纤细的掌纹在一片粉红的色泽里若隐若无："喏，这是我的生命线，这是我的烦恼线。"对于这类伪科学，她如数家珍。我笑了："哪儿学来的？你这种小孩子也有烦恼吗？"她翻了一下眼皮，反驳道："小人就没有烦恼吗？"

但是仿佛一棵曝晒的草萎蔫了，她的情绪低落下去。她幽幽地说："我待他好，可是他却待别人好。"我简直怀疑耳朵听错了——人间最大的苦痛亦不过如此矣。"举例说明。"我以成人的思维引她往下讲。

"选他做中队委的时候，我举手了；选我做中队委时，他没有举手。"女儿两眼含泪。

我醒悟：孩子之间诸如背叛、信任之类的情感挫折，原就与成人一样敏感，可都被我们粗糙地忽略，反而由孩子独自扛着；以为她忘得快，她却长时间记着这样的痛。

"所以我的爱情线，这么短。"她端详着自己的掌心，叹了口气。

"你有这么多人爱你，难道还没有爱情吗？"我重使偷天换日的伎俩。她警惕地看我一眼："我爱爸爸妈妈、爷爷奶奶、外公外婆、阿姨姨父、叔叔婶婶，还有弟弟，还有同学和好朋友的友情。"她一口气说下去的，都是我的老生常谈。

女儿二年级，已经积累了人生的阅历，知道什么话可讲，什么话顺着我的意思讲，什么话只会引来训斥，因此不如不讲。

"但爱情就是你和爸爸结婚的那种。"然后，她想了一下，"梁山伯和祝英台也是。"

"有句话不知能不能说？"最近女儿总有这样试探性的开场白，难道这是长大的先兆？"其实，生气是会生病的。妈妈，你不能总像炮仗一样一点就着。"

我惊呆了：这是一个很鲜活的比喻，不料用在我身上。"生病会早死的，我舍不得你死。"女儿将头埋进我的怀里。

面对女儿的爱恋，我的内心充满感激。"妈妈，我教你一个绝招：每天早上起来，对着镜子笑一笑，说声——你好。"

是的，生活中我们应该多说几声：你好！

---

**写作技巧** / Writing Skill

笔锋突转，情节富于新鲜感：妈妈本想以长辈的姿态来教导女儿，不料女儿话锋一转，竟以鲜活的比喻来劝妈妈少生气。女儿对妈妈的爱跃然纸上，读来令人心灵一颤。

**爱的箴言** / Loving Speaking

在母亲的眼中，孩子永远都是孩子。孩子总是带着童真的眼光，对这个世界有着简单而幼稚的理解。然而，不经意间，孩子已经长大。在与母亲那慈祥的目光交汇间，脉脉流动的是一种体贴的温情，也是人间最珍贵的情感。

# 女儿出走

文/林君

长大的儿女就像风筝一样，总希望飞上天去。
虽然父母也盼着儿女高飞，但前提是儿女要记住回家的路。

一 个女孩负气离家出走，母亲看见她留下的纸条，第一个念头就是去公安局报案。但这时电话响了，是孩子的父亲打来的。父亲听了这件事，沉默了半晌，说："不要闹得满城风雨，那孩子自尊心极强，等等吧。"

女孩的业余爱好是上网，父亲虽然不知道她常去的网吧，但有她的一个电子邮箱，于是给她写了一封信："我知道你生气藏起来了，我估计也找不到你，就让你安静地回味一下过去的快乐和苦恼。"

当晚，父亲又给女儿发了一封电子邮件："呵呵，我猜到了，你正在上网，对吗？注意啦，墙那边的屋子里正坐着老爸——我！"

　　夜里11点，女儿终于有了音讯——一封给父亲的伊妹儿："我们相隔万水千山，好自由的感觉！我要独自闯荡世界，像三毛那样浪漫地流浪四方！"母亲一看，眼泪当场冒出来。父亲却笑着说："这是曙光啊，说明孩子想我们了。"父亲当即复信："坚决支持你的伟大行动！我为有这么一个充满激情与幻想的女儿而骄傲！老爸年轻时是个诗人，多想像你今天这样走出去啊，但没有决心，太惭愧了……"

　　第二天上午，父亲的电子信箱里静静地躺着一封信："老爸，不要惭愧，现在行动还来得及。但我想先创业，然后接你们过来玩。"父亲赶紧回复道："你创业成功时，我也老喽，走不动啦！"10分钟后，女儿的回音来了："我初步预计，创业要10年，那时你55岁，还没有退休呢！"父亲看了，故意不答复，等到午饭后才上网回信："不行啊，老爸今天淋雨了，全身难受，到55岁，身体可能更弱。你买伞了吗？"下午，接到女儿回信："不要紧，雨淋不到我，我不出门。"父亲阅后，对妻子说："好了，女儿现在很稳定，我推测她没有出城，可能住在旅馆里。让她疯两天，一切自理，过不了多久，就会累得想家。"

晚上，女儿又来了封短信。这次父亲以妈妈的口吻回答她："孩子，你爸爸淋雨后全身难受，发高烧，住院去了。"

果然不出所料，女儿在第二天的伊妹儿中关切地问："爸爸的病好些了吗？"父亲一笑，关上电脑，不予理睬。午饭时分，电话响了，父亲示意母亲接，说："告诉她，爸爸烧糊涂了，老是念叨女儿。说完就挂！"母亲照办。

傍晚，楼梯口传来女儿那熟悉的脚步声。

事后，父亲说："孩子一个人在外边吃点儿苦，是迟早的事，阻拦她只会适得其反，何不顺水推舟，让她去锻炼一回呢？"

---

**写作技巧** / Writing Skill

欲擒故纵的手法，使文章大放异彩：女儿出走后，父亲并没有像很多人想象的那样如何急于把女儿找回来，而是"尊重"女儿的选择，巧妙地运用"策略"，最终让女儿自己回了家。此法可谓欲擒故纵，令人读后拍案叫绝。

**爱的箴言** / Loving Speaking

年少而躁动的心总是充满叛逆，希望挣脱所有的束缚，可父母却是我们永远都挣脱不掉的"爱的束缚"。然而，"小树不扶不直"。正是有了"爱的束缚"，我们这些小树苗才不会疯长，才能最终长成参天大树，成为真正的有用之材。

# 奇迹的名字叫父亲

文/叶倾城

父亲的坚持，让生命出现了奇迹。
这源于一份厚重的爱——父亲对家人的深深的爱。

**很**久很久以前，在一艘横渡大西洋的船上，有一位父亲带着6岁的儿子去美国和妻子会合。一天，当男人在舱里用水果刀削苹果给儿子吃时，船却突然剧烈摇晃，刀子在男人摔倒时不慎插进了他的胸部。男人慢慢站起来，趁儿子不注意，用大拇指揩去了刀锋上的血。

以后的三天，男人照常照顾儿子，带他吹海风，看蔚蓝的大海，仿佛一切如常。但儿子尚小，还不能注意到父亲每一分钟都比上一分钟衰弱。父亲看向海平线的目光是如此的忧伤。

抵达的前夜，男人来到儿子的旁边，对儿子说："明天见到妈妈的时候，告诉她，我爱她。"说完，在儿子的额上深深地留下一个吻。

船到美国了，儿子在人潮中认出了妈妈，大喊："妈妈！妈妈！"就在此时，男人已经仰面倒下，胸口血如井喷。

尸解的结果让所有人都惊呆了：那把刀子无比精确地插进了他的心脏，他却多活了三天，而且不被任何人发觉。唯一可能的解释是因为创口太小了，使得被切开的心依原样贴在一起，维持了三天的供血。

这是医学上罕见的奇迹。医学会议上，有人说要称它为"大西洋奇迹"，有人建议要以死者的名字命名。一位坐在首席的老先生一字一句地说："这个奇迹的名字叫父亲。"

---

**写作技巧** / Writing Skill

结尾扣题，升华了文章主题：在故事的结尾，很多人都认为这是个医学上罕见的奇迹，而一位坐在首席的老先生却认为，"这个奇迹的名字叫父亲"。这样的结尾，不但照应了题目，而且点出了父爱主题，使文章回味无穷。

**爱的箴言** / Loving Speaking

"爱之花开放的地方，生命便能欣欣向荣。"父爱是世上最伟大而深沉的感情，它像磐石一样坚定，像大海一样深沉。父爱伴随我们的一生，时时刻刻，分分秒秒，因此我们从来不需要想起，永远也不会忘记。

# 秋天的怀念

文/史铁生

一心以为我是世上最不幸的一个，哪里知道母亲肩负着加倍的不幸，
深深压在心底，从不对我提起。

双腿瘫痪后，我的脾气变得暴怒无常。望着望着天上北归的雁阵，我会突然把面前的玻璃砸碎；听着听着李谷一甜美的歌声，我会猛地把手边的东西摔向四周的墙壁。这时母亲就悄悄地躲出去，在我看不见的地方偷偷地听着我的动静。当一切恢复沉寂，她又悄悄地进来，眼边红红的，看着我。"听说北海的花儿都开了，我推着你去走走。"她总是这么说。母亲喜欢花，可自从我的腿瘫痪后，她侍弄的那些花都死了。"不，我不去！"我狠命地捶打这两条可恨的腿，喊着，"我活着有什么劲！"母亲扑过来抓住我的手，忍住哭声说："咱娘儿俩在一块儿，

好好儿活，好好儿活……"可我却一直都不知道，她的病已经到了那步田地。后来妹妹告诉我，她常常肝疼得整宿整宿翻来覆去地睡不了觉。

那天我又独自坐在屋里，看着窗外的树叶"刷刷啦啦"地飘落。母亲进来了，挡在窗前："北海的菊花开了，我推着你去看看吧。"她憔悴的脸上现出央求般的神色。"什么时候？""你要是愿意，就明天？"她说。我的回答已经让她喜出望外了。"好吧，就明天。"我说。她高兴得一会坐下，一会站起："那就赶紧准备准备。""唉呀，烦不烦？几步路，有什么好准备的！"她也笑了，坐在我身边，絮絮叨叨地说着："看完菊花，咱们就去'仿膳'，你小时候最爱吃那儿的豌豆黄儿。还记得那回我带你去北海吗？你偏说那杨树花是毛毛虫，跑着，一脚踩扁一个……"她忽然不说了。对于"跑"和"踩"一类的字

眼儿，她比我还敏感。她又悄悄地出去了。她出去了，就再也没回来。

邻居们把她抬上车时，她还在大口大口地吐着鲜血。我没想到她已经病成那样。看着三轮车远去，也绝没有想到那竟是永远的诀别。邻居的小伙子背着我去看她，她正艰难地呼吸着。别人告诉我，她昏迷前的最后一句话是："我那个有病的儿子和我那个还未成年的女儿……"

又是秋天，妹妹推我去北海看了菊花。黄色的花淡雅、白色的花高洁、紫红色的花热烈而深沉，泼泼洒洒，秋风中正开得烂漫。我懂得母亲没有说完的话。妹妹也懂。我俩在一块儿，要好好儿活……园

---

**写作技巧** / Writing Skill

　　生动感人的细节描写，是文章的最大亮点：传神的细节描写能勾画出人物的灵魂。对于"跑"和"踩"一类的字眼儿母亲比"我"还敏感，母亲昏迷前没说完的最后一句话，这些细节描写无不折射出母爱的无私和伟大。

**爱的箴言** / Loving Speaking

　　人生之所以存在遗憾，往往是我们在拥有时不懂得珍惜，待失去后才猛然惊醒、追悔莫及。母爱是无私的，也是伟大的，母亲为我们付出的，是我们用一生也无法偿还的。然而，母亲从不要求我们的回报，因为对她来说，只要子女天天快乐，就是她最大的安慰。

# 人约黄昏后

文/春色满园

晚霞的绚烂该是生命的最后时刻吧?

父母虽是黄昏暮年,可他们依然把绚烂的光辉洒在了子女身上……

冬天是寒冷的,不放心年迈的父母,还是抽空回到老家探看。黄昏的时候,看着满天的云霞被夕阳的余晖渲染得灿烂之极,于是想起了李商隐的诗:"夕阳无限好,只是近黄昏。"晚霞的绚烂是否像一个人到了生命的最后时刻呢?我开始有点感伤,看着一年年变老的亲人,想静静地思考,于是对爸妈说:"我出去走走,一会儿回来。"

脚步移出了村头。旷野里,放眼望去,荒凉而孤寂,枯败的野菊也失去了和寒冬抗衡的勇气,水冷草枯的景象让我回家的心也异常地寂寞起来。忽然看到不远处的池塘里,"站"着一大片芦苇,好美,随风

摇曳，苇絮舞蹈，我忍不住加快了步伐。原来草塘里杂草丛生，芦苇个高，尤显突出，儿时的我们常用它做笛子。于是我伸手拽了一个芦苇的尖子，把里面去空，让叶子卷起来，放进嘴里，竟然吹响了。

儿时的玩伴如今已经天各一方，他们都不在这里，想起我们的件件快乐的往事：一起烧过花生，一起挖过山芋，一起吃过西瓜，一起游泳玩耍……快乐的时光让我不觉就坐了下来，任凭风吹，任凭时间流逝。不知不觉，天已经要黑了，想起对爸妈的承诺，我得赶快回家。站起来一转身，却发现父亲就在不远的地方，正看着我这里，能发觉到他已经站那里很久了，一定很冷，手在不停地搓着……我出来的莽撞行为很让他担心吧？想到这，我急急地跑过去，对他说："农村的风景越来越美，你看那池塘长了好多的芦苇，真像明代石涛的画，我很喜欢，我没有什么不开心的！好久没有看这样的景致了。"我急着表达，是怕他为

我担心，他年龄大了，做儿女的不能给他添烦忧。

中国的农民真的很苦，种田交粮一辈子，我的父母也是这样的过一辈子。每每想到他们辛劳的少壮时候，为了儿女吃苦受累，很是心疼，真的。所以，只要有机会，我总要悄悄地告诉他们生活不要愁，有我们呢！你们一定会过得幸福。我们的爱，我们的"甜言蜜语"，这些不用太多的钱便能实现，因为父母给了我们生命，把我们养育成人。

今天的黄昏让我过得很满足很快乐，看到了记忆中魂牵梦绕的童年的草塘，也明白了无论子女多大，在父母的眼睛里依然是孩子。他们也要呵护，度过黄昏的人已经懂得珍惜活着的美。

**写作技巧** / Writing Skill

巧妙引用诗歌，境界清新脱俗：标题源自欧阳修《生查子》词，第一段中引用了李商隐的诗，引用诗歌的目的并不在于感伤怀古。黄昏的美，在作者笔下成为一种新意象：童年的美好追忆，父母的深深关爱……借用诗歌，文章更具韵味。

**爱的箴言** / Loving Speaking

世上最无私、最关爱的目光，是属于天下父母的。纵然儿女长大成人，在父母的眼睛里依然是绕膝而行的孩子；纵然我们远行千里，也走不出父母的目光。

# 生命时钟

文/佚名

面对可怕的死亡，留得住时间的，
唯有发自内心的对亲人的呼唤和等待。

朋友的父亲病危，朋友从国外给我打来电话，让我帮他。

我知道他的意思，即使以最快的速度，他也只能在4个小时后赶回来，而他的父亲，已经不可能再挺过4个小时。赶到医院时，见到朋友的父亲浑身插满管子，正急促地呼吸。床前，围满了悲伤的亲人。

那时朋友的父亲狂躁不安，双眼紧闭着，双手胡乱地抓。我听到他含糊不清地叫着朋友的名字。每个人都在看我，目光中充满着无奈的期待。我走过去，轻轻抓起他的手，我说："是我，我回来了。"

朋友的父亲立刻安静下来，面部表情也变得安详。但仅仅过了一会儿，他又一次变得狂躁，他松开我的手，继续胡乱地抓。我知道，我骗不了他。没有人比他更了解自己的儿子。于是我告诉他，他的儿子现在还在国外，但4个小时后肯定可以赶回来。我对朋友的父亲说："我保证。"我看到他的亲人们惊恐的目光。但朋友的父亲却又一次安静下来，然后他的头努力向一个方向歪着，一只手急切地举起。我注意到，那个方向的墙上挂了一个时钟。

我对朋友的父亲说："现在是1点10分。5点10分时，你的儿子将会赶来。"我看到朋友的父亲放下他的手，长舒了一口气。尽管他双眼紧闭，但我仿佛可以感觉到他期待的目光。

每隔10分钟，我就会抓着他的手，跟他报一下时间。4个小时被每一个10分钟整齐地分割，有时候我感到他即将离去，但却总被一个个的

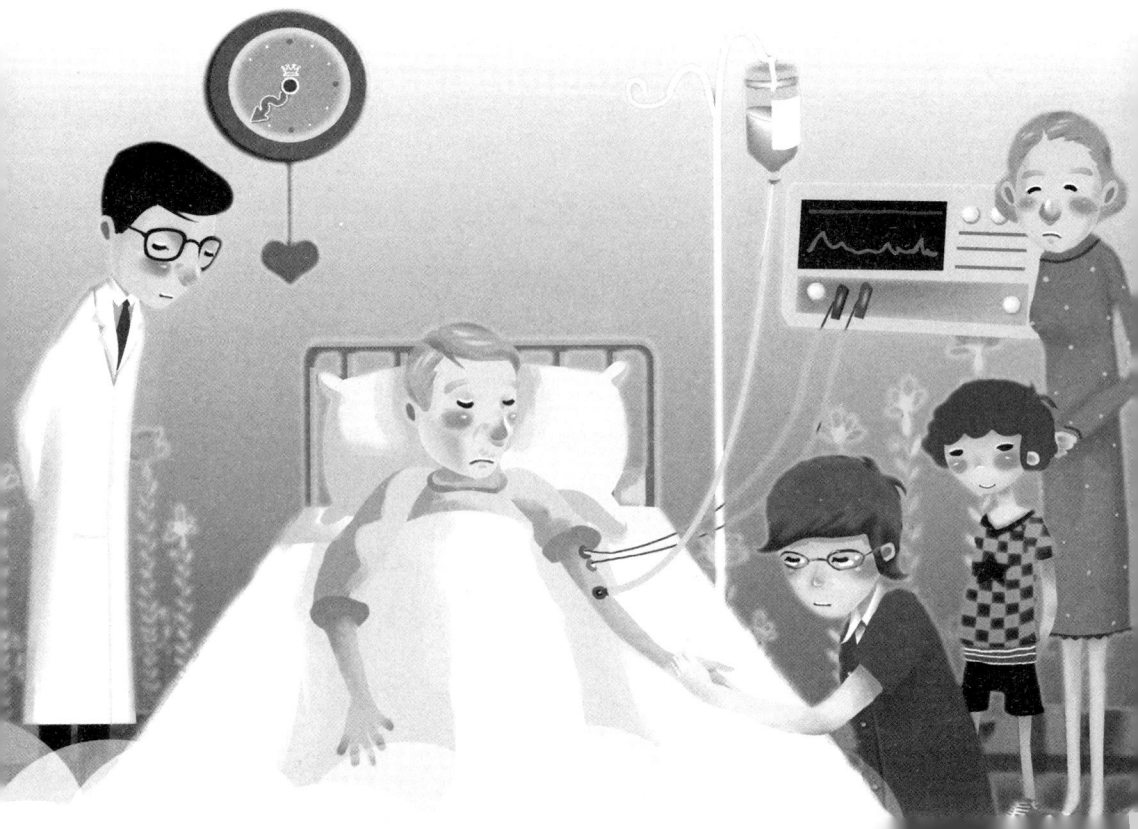

10分钟唤回。朋友终于赶到了医院，他抓着父亲的手，说："是我，我回来了。" 我看到朋友的父亲从紧闭的双眼里流出两滴满足的眼泪，然后静静地离去。朋友的父亲为了等待他的儿子，为了听听他的儿子的声音，挺过了他生命中最后的也是最漫长的4个小时。每一名医生都说，不可思议。

后来，我想，假如他的儿子在5小时后才能赶回，那么他能否继续挺过一个小时呢？我想，会的。生命的最后一刻，亲情让他不忍离去。

悠悠亲情，每一个世人的生命时钟。🔲

---

**写作技巧** / Writing Skill

以"时间元素"为线索，结构全文：第一段点明，朋友将在4个小时后赶回医院。然后，"我"代朋友探望朋友的父亲，每隔10分钟报时一次，更增加了紧迫感。及至4小时后，朋友及时赶到，父子诀别，文章达到高潮。整篇文章以"时间元素"贯穿始终，充满紧迫感，尽显亲情的伟大。

**爱的箴言** / Loving Speaking

古人有云："黯然销魂者，唯别而已矣。"何况是父子间的生死诀别之时，撒手阴阳两界之际？亲情如此伟大，它创造了医学上不可思议的奇迹；父爱那么深沉，它谱写了世间"最后一刻团圆"的悲喜剧。

# 世上最美味的泡面

文/佚名

人生百味，再添加一点"亲情的理解"作为作料，
生活的味道会更美。

他是一个单身爸爸，独自抚养一个7岁的小男孩。每当孩子和朋友玩耍受伤回来，他便对妻子过世留下的缺憾感受尤深，心底不免传来阵阵凄凉的悲鸣。

这是他那天出差发生的事。因为要赶火车，他匆匆离开了家门，没时间陪孩子吃早饭。一路上他担心孩子有没有吃饭，会不会哭，即使抵达了出差地点，也不时打电话回家。虽然孩子总是很懂事地要他不要担心，然而因为心里牵挂不安，便草草处理完事情，踏上归途。回到家时孩子已经睡熟了，他松了一口气，旅途上的疲惫，让他全身无力。正准

备就寝时，他突然大吃一惊：棉被下面，竟然有一碗打翻了的泡面！

"这孩子！"他在盛怒之下，朝睡熟中儿子的屁股一阵痛打。"为什么这么不乖，惹爸爸生气？你这样调皮，把棉被弄脏要给谁洗？"这是妻子过世之后，他第一次体罚孩子。"我没有……"孩子抽抽噎噎地辩解着，"我没有调皮，这……这是给爸爸吃的晚餐。"

原来孩子为了配合爸爸回家的时间，特意泡了两碗面，一碗自己吃，一碗给爸爸。可是因为怕爸爸那碗面凉掉，所以放进了棉被底下保温。爸爸听了，看看碗里剩下的那一半已经泡涨的面，紧紧抱住孩子："孩子，这可是世上最……最美味的泡面啊！"

---

**写作技巧** / Writing Skill

　　写法先抑后扬，文章跌宕起伏：作者写父亲出差回到家中见儿子把泡面放在被窝里便大发雷霆，这是"抑"；儿子说出泡面的真相后父子间的误会终于冰释，这是"扬"。一抑一扬之间，文章起伏有致，父子情深毕现。

**爱的箴言** / Loving Speaking

　　在浓浓的父爱下，孩子渐渐变得懂事，渐渐地在享受父爱的同时懂得了付出。孩子的这种付出是最真挚的、发自内心的，尽管有时看似有些幼稚，但却能给父亲带来最大的感动与幸福。

# 树篱后的父亲

文/贝蒂·斯坦利 [美]

*父爱是严厉的，却蕴含着无限的深情。父爱就像一座灯塔，*
*不管你是否在意，它都在给你保驾护航。*

我毫无方向感，经常成为全家人取笑的对象。有次我们讨论人死后会怎样，儿子开玩笑说："妈妈，希望天堂里也有导游，否则你永远找不到通往天堂的路。"我笑着告诉他，我一点都不担心："只要向着有树篱的山坡走，我就能找到天堂。"我于是给他讲述了我父亲的故事。

祖父早逝，父亲由祖母一手带大。在那个年代，还没有政府救济，一家五口历尽艰难才活了下来，父亲因此养成了极度节俭的习惯。

童年时，当我和两个哥哥得知别的孩子都有零花钱时，我们犯了个错误——向父亲要钱。父亲的脸板了起来："你们长大了，会花钱了，那

么肯定也会挣钱了。"从此，需要钱的时候，我们只得帮邻居打零工，或是沿街叫卖自家种的蔬菜。有一段时间，我们兄妹三人都没有车，只能乘长途车回家。车站离家足足有两英里，父亲从来没有接过我们，哪怕天气极其恶劣。如果有谁抱怨，他就大吼道："长了腿就是用来走路的！"当我离家去上大学后，每次回家都要走那段长路。我并不在意走路，但是孤身行走在公路和乡村小路上，我总是提心吊胆。尤其是父亲似乎并不关心我的安全，令我有一种不受重视的感觉。

可在一个春天的傍晚，这种感觉消失了。那是极困难的一周。考试再加上无休无止的实验，令我精疲力竭。我渴望回家，想念家里松软的床。同学们陆续到站被家人接走，我只能羡慕地望着窗外。终于汽车颠簸着停下，我下了车，拖着行李箱开始了长途跋涉。

一排树篱沿着小路，蜿蜒地爬上山坡，山坡上就是我亲爱的家。每当我走下大路，踏上最后一段行程，这排树篱总能令我安心。看到它们我就知道离家不远了。

那天傍晚，树篱刚刚映入我的眼帘，忽然落下一阵细雨。我停下脚步，把手里的书放回行李箱里。当我站起身时，看到一个黑影掠过山

坡，向我家走去。仔细辨认，原来那是父亲的头顶。我明白了——每次当我回家时，他总站在树篱后面注视着我，直到确定我平安归来。此刻泪水汹涌而出，哽咽了我的喉咙。毕竟，父亲并非不关心我啊。

此后，每当我回家的时候，那个身影便成了我的灯塔。一看到那遮掩在绿树后偷偷走动的身影，我的心就放松下来。走进家门，我会看到父亲若无其事地端坐在椅子上。"怎么，是你！"他说着，故作惊讶。

"你看，"我告诉儿子，"我才不担心死后找不到去天堂的路。"路上可能有黑暗的隧道，但隧道尽头是光明。在那里，相信我会看到一排树篱蜿蜒地爬上山坡，父亲在山顶等待。"怎么，是你！"他会说。而我仍会像往常一样回答："是的，爸爸，是我。我回家了。"

---

**写作技巧** / Writing Skill

先抑后扬，凸显主题：不给零花钱，不接孩子回家，这无疑是一个严厉的父亲。然而就是这样一个父亲，却偷偷躲在树篱后，守候女儿是否平安归来。作者的笔锋巧妙一转，深沉的父爱也汹涌而出。

**爱的箴言** / Loving Speaking

也许，父亲冷漠的外表，曾阻挡了我们找到爱的视线；然而，深沉如泉涌般的爱，一旦流露，就成为指引我们一生道路的灯塔。

# 死亡之吻

文/孙明喜

父亲那最后的一吻，让生者与死者都没有留下遗憾，
这份浓情厚爱怎能不令人感动？

**这**是一个大雪纷飞、北风狂号的日子。阿拉斯加州的一个医院里，正进行着一次特殊的分娩。

医生、护士忙里忙外地为一位叫多莉的妇女接生。之所以说其特殊，是因为多莉强烈要求医生对自己提前两月分娩。医生忠告她：提前分娩危险很多——婴儿早产是否健康？孩子会不会因为月份不足而多病？大人会不会有危险？这些都是未知数。

多莉亲自写下保证书，还找了证人，若有问题和医生无关。医生被她的苦苦哀求所感动，同意为她做手术。

　　医院产科的楼道里站满了关心这次手术的人。很多眼睛注视着手术室两扇洁白的房门，认识和不认识的面孔都显得异常严肃。时间一分一秒地过去。一刻钟，又一刻钟。当婴儿响亮的哭声传来时，很多人流下了感动的热泪。

　　孩子平安降生后，多莉向护士恳求道："护士小姐，求求你，将我和我的孩子马上送回我的家里，因为我的丈夫——孩子的父亲，正在盼着小生命的来临。"医生和护士把大人和孩子包得严严实实，抬上救护车，向多莉家中疾驰。

　　到了多莉的家，人们才知道：多莉的丈夫身患癌症，命在旦夕。为了能让他抱一抱亲生孩子，体会一下做父亲的幸福，多莉才决定提前分娩。那个不幸而又幸运的父亲，终于在生命的尽头拥抱了自己的孩子。

　　他说："孩子，你真漂亮，我是你的爸爸，请不要忘记我。"说完

这句话，父亲在孩子头上吻了一下，就永远闭上了眼睛。这话，是父亲留给孩子的第一句话，也是唯一的一句话；这吻，是父亲给孩子的第一个吻，也是唯一的一个吻。

多莉抱着自己的孩子哭诉道："孩子，妈妈和你一样，没有一句怨言。你提前两月诞生，亲历了生死门槛；你已经被你的父亲吻过，不再是个遗腹子；你享受过父爱，被父亲抱过、祝福过、叮咛过。尽管一生只有一次，可这吻，来得何等艰难。"

在场的人们无不为之感动。这种爱宁可少有，不可没有，这是爱的纽带……▨

---

**写作技巧** / Writing Skill

巧设悬念，使文章情节波澜起伏：最初母亲要求提前两个月分娩，初看似乎不合情理，直到后文，读者才知道身患绝症的父亲正盼着见孩子的最后一面，悬念至此解开。巧设悬念，既吸引了读者的眼球，也使情节跌宕多姿。

**爱的箴言** / Loving Speaking

在生离死别的一刻，父亲把全部的爱融于给孩子的这一吻当中。孩子生而有幸，父母也无遗憾。父母的爱是那样的无私，它不求回报，却重如泰山。

# 所有的母亲都是一样的

文/佚名

"母亲"这个称呼是神圣而伟大的，
因为它不仅代表了爱，还代表了牺牲。

那天清晨，县城城西老街的一栋居民楼突然起火了。那是20世纪40年代修建的砖木结构的老房子——木楼梯、木窗户、木地板，都是见火就着的东西。眼见火越烧越大，居民们纷纷往外逃，没想到才逃出一半人，木质楼梯就"轰"的一声塌掉了。剩下的9个居民只好跑到唯一没烧着的3楼楼顶，等着消防队救援。

消防队不一会就赶到了。可让他们手足无措的是：这片老巷子太窄、屋太密，消防车和云梯根本就过不去。情形已不容多想了，大火随时都可能烧到楼顶。眼见着底层用以支撑整幢楼的粗木柱被烧得"吱

吱"直响，随时可能倒塌，消防队长毫不犹豫地拽过一条散落在地的旧
毛毯，和其他三个消防队员一起拉开，对上面大声喊："跳！一个一个
地跳下来，往毛毯上跳，背部朝下。"为了安全起见，他亲自示范类似
背跃式跳高的动作。只有背部朝下才是最安全的，而且不容易撞破旧毛
毯。第一个男人跳下来，屁股着地，可没有受伤；一个小男孩跳下来，
背部着地……人们的动作越来越规范，顶多是从毛毯上滚下来时有些擦
伤。可是还有一个裹着大衣的女人站在楼顶，犹豫着不敢跳。

　　火势越来越猛，一根柱子燃烧着，忽然"喀嚓"一声断了。人们惊
叫起来，消防队长的喉咙都嘶哑了："跳啊，快点跳下来。"小楼晃荡
了一下，女人终于下定决心跨过护栏跳了下来，在场的人都惊呼起来：
她用的分明是跳水的姿势，头朝下。女人坠落在毛毯上
时由于受力面积太小，旧毛毯"嗤"的一声裂开了，
女人的头部撞在地上，顿时鲜血流出来。

　　这个女人真笨啊，前面的人跳得多好啊，看也看会了，在场的人都这么想。奄奄一息的女人躺在消防队长的怀里，她的大衣敞开了，大家这才看到她的小腹高高隆起。"已经8个多月了。" 女人用微弱的声音说，"赶紧送我去医院剖腹，孩子还能活……"

　　这一幕在场的人都看到了，所有的人都为之感动。那是一个对于孩子来说是最安全的而对母亲来说是最危险的姿势啊！

　　忽然想起了《护生画集》里的一幅画：有人烹煮黄鳝，发现黄鳝熟后头尾弯成弓形，中部翘在滚水外。剖开来看，发现里面密密麻麻全是鱼子——原来所有的母亲都是一样的，最安全的地方，永远留给孩子。圖

---

**写作技巧** / Writing Skill

　　鲜明的对比，有力地烘托了主题：别人都是背朝下跳到毛毯上的，很少受伤，只有这个女人是头朝下的，因此头部撞成了重伤。原来，女人是为了保住腹中的孩子。在鲜明的对比中，母爱的主题显得突出而深刻。

**爱的箴言** / Loving Speaking

　　母爱是无私而伟大的。在危险面前，母亲会毫不犹豫地把生的希望留给孩子，而对自己的结局全然不顾。正是有了这样伟大的母爱，生命才得以代代相传，生生不息。

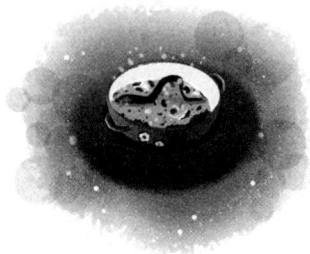

# 梯 子

文/佚名

*信任与怀疑就像是一对孪生兄弟，许多时候人们总是很难辨别。*
*只有父亲对孩子的爱，是毋庸置疑的。*

年轻的父亲狄恩和他9岁的儿子杰克一起在后花园放风筝。突然，墙头上的野花把风筝紧紧地缠住了。

于是，狄恩拿来了一架梯子，准备爬上去。这时杰克说："爸爸，让我来吧！"狄恩看了看他9岁的儿子，想了想说："也好，让你来就让你来。"杰克如猴子一般爬到梯子的最后一级。他转过头来嘻嘻地笑，他的笑声好像用早晨的牵牛花吹出来的。

杰克解开了绕在野花上的风筝线，正要下来，狄恩制止了他："慢着。"杰克愣住了，望着狄恩，问："怎么啦？"

　　狄恩说："我先讲个故事给你听，你再下来。"于是杰克笑得更开心了，他一手抓住梯子，一手拿着风筝，等狄恩讲故事。父亲讲的故事，总是很好听的。狄恩说："从前有个爸爸告诉他那站在一架很高很高的梯子上的儿子说：'你跳下来，爸爸一定会在下面把你抱住。'听见爸爸这么说，儿子很放心，就像在游泳时跳进水里去一样，纵身一跳。哪里知道，当儿子就要投进爸爸的怀抱时的前一秒，爸爸的身体一闪，结果儿子扑了个空，掉在地上。儿子哭哭啼啼地站起身来，问爸爸为什么要骗他。爸爸说：'我要给你一个教训，连你爸爸的话都靠不住，别人说的话更不必说了。'"

　　停了一会儿，狄恩继续说："我们照着做一次，好不好？"杰克一听，脸都变白了。狄恩说："不要怕，勇敢一点，只要跳那么一次就行了。我要你留下深刻的印象，免得你以后长大了，容易上人家的当。"然而杰克还是不敢，他站在那儿，动也不敢动。狄恩开始发号施令了："听着我喊'一、二、三'，喊到'三'的时候你就跳下来，然后我就把伸出去的假装要接住你的手缩回来，让你跌个屁滚尿流。"

　　咬紧牙关，忍着泪，杰克从梯子上跳下来了。他等待着自己的身体像一个南瓜"噗"的一声，摔得支离破碎……然而，好奇怪。狄恩的

手竟然没缩回去，他的身体也没移开。他把掉到手中的儿子，结结实实地抱住了。杰克虽然没有受伤，但是他的神情比刚才还要疑惑。他问："爸爸，你为什么骗我？"狄恩笑出声来，说："爸爸要让你知道，即使是别人的话，有时也是可以相信的，何况是爸爸的话呢？"

所有玫瑰花都回到了杰克的脸上。他搂着狄恩，不住地亲吻狄恩的双颊。▨

---

**写作技巧 / Writing Skill**

欲擒故纵的手法，使情节曲折多变：父亲讲完故事，叫儿子依样去做，儿子以为自己真的落得和故事一样的结局，只好无奈地跳下，结果却得到了父亲充满关爱的拥抱。这种欲擒故纵的手法，使情节横生变数，文章具有极强的可读性。

**爱的箴言 / Loving Speaking**

人生可能存在着无数个谎言与欺骗，常常让我们彷徨、不知所措。然而父亲的怀抱始终是最安全的，父爱始终是最坚定的。父爱如灯塔，指引我们的航线；父爱也如阳光，让我们知道人生并非处处黑暗。

# 未上锁的门

文/凯瑟琳·金 [英]

敞开的家门随时恭候出走的女儿平安归来，
母亲用无言的行动诠释了对子女无尽的爱。

在苏格兰的格拉斯哥，一个小女孩像今天的许多年轻人一样，厌倦了枯燥的家庭生活，厌倦了父母的管制。

于是，她离开了家，决心要做一个世界名人。然而，她每次满怀希望求职时，都被无情地拒绝了。她只能走上街头，开始自甘堕落。

许多年过去了，她的父亲死了，母亲也老了，可她仍陷在无法自拔的泥沼中。

很长时间，母女从没有什么联系。可当母亲听说女儿的下落后，就不辞辛苦地找遍全城的每个街区，每条街道。

　　她每到一个收容所，都停下脚步，哀求道："请让我把这幅画贴在这儿，好吗？"画上是一位面带微笑、满头白发的母亲，下面有一行手写的字："我仍然爱着你……快回家！"几个月后，还是没有什么变化。

　　一天，女孩懒洋洋地晃进一家收容所，在那里，等着她的是一份免费的午餐。她排着队，心不在焉，双眼漫无目的地从告示栏里随意扫过。就在那一瞬间，她看到了一张熟悉的面孔：那会是我的母亲吗？

　　她挤出人群，上前观看。不错！那就是她的母亲，底下有行字："我仍然爱着你……快回家！"她站在画前，泣不成声。这会是真的吗？这时，天已经黑了下来，但她不顾一切地向家奔去。当她赶到家的时候，已经是第二天的凌晨了。

站在门口，任性的女儿迟疑了一下，该不该进去呢？终于，她敲响了门，奇怪！门自己开了，怎么没锁门呢？不好！一定是有贼闯了进去。记挂着母亲的安危，她三步并作两步冲进卧室，却发现母亲正躺在床上安然地睡觉。

她把母亲摇醒，喊道："是我！是我！女儿回来了！"

母亲不敢相信自己的眼睛，她擦干眼泪，果真是女儿。娘儿俩紧紧抱在一起。女儿问："门怎么没有锁？我还以为有贼闯进来了呢！"

母亲柔柔地说："自打你离家后，这扇门就再也没有上锁。"🗝

---

**写作技巧** / Writing Skill

结尾画龙点睛，耐人寻味：最后一句母亲所说的话是点睛之笔，写出了母亲对女儿的思念，她从来没有停止过寻找，因此家里的门也从未上锁。母亲的胸怀是如此的博大，作者寥寥几笔却饱含深情，可谓言有尽而意无穷。

**爱的箴言** / Loving Speaking

母亲对子女的爱是最伟大的，它没有任何附加条件，无论你是优秀的还是普通的，甚至曾经误入歧途……要知道，母亲的爱和宽容之门永远不会关闭。永不抛弃，从不放弃，这就是母亲的包容和坚守。

# 我的吻在哪里

文/M.A.尤契哈特 [美]

*爱的表达并不需要千言万语，爱就在举手投足之间的流露，*
*在一个轻轻的吻上，在一个暖暖的拥抱里……*

有个女孩名叫辛迪。她有一个和睦的家，日子过得也不错。但这个家从一开始就缺少了一样东西，只不过辛迪还没有意识到。

辛迪9岁那年，有一天到朋友德比家去玩，留在那儿过夜。睡觉时，德比的妈妈给两个女孩盖上被子，并亲吻了她们，祝她们晚安。"我爱你。"德比的妈妈说。"我也爱你。"德比说。辛迪惊奇得睡不着觉。因为在这以前从没人吻过她，也没人对她说爱她。她觉得，自己家也应该像德比家这样才对呀！第二天辛迪回到家里，爸爸、妈妈见到她非常高兴。"你在德比家玩得好吗？"妈妈问道。辛迪一言不发，跑进了自

己的房间。她恨爸爸、妈妈，为什么他们从来都不吻她，从来都不拥抱她，从来都不对她说爱她呢？

那天晚上，上床前，辛迪特地走到爸爸、妈妈跟前，说了声："晚安。"妈妈也放下手中的针线活，微笑着："晚安，辛迪。"除此之外，他们再没有别的表示了。辛迪实在受不了了。"你们为什么不吻我？"她问道。妈妈不知道如何是好。"嗯，是这样，"她结结巴巴地说，"因为，因为我小时候，也从没有人吻过我，我还以为事情就该这样的呢。"好多天，她都在生气。最后，辛迪决定离家出走。

她来到公园，在长椅上坐着、想着，直到天黑。突然，她有了个办法。她走进家门时，爸爸正在打电话，妈妈冲她喊道："你到哪里去了？我们都快要急死了！"辛迪没有回答。她在妈妈的右颊上吻了一下，说："妈妈，我爱你。"辛迪又给了爸爸一个拥抱，说："晚安，爸爸，我爱你。"然后，辛迪睡觉去了，将她父母留在厨房里。

第二天早晨，辛迪又吻了爸爸和妈妈。在公共汽车站，辛迪踮起脚尖吻着妈妈，说："再见，妈妈。我爱你。"

每天、每个星期、每个月，辛迪都会这样做。爸爸、妈妈一次也没有回吻过辛迪，但辛迪没有放弃。这是她的计划，她要坚持下去。

有天晚上，辛迪睡觉之前忘了吻妈妈。过了一会儿，辛迪的房门开了，妈妈走进来，假装生气地问："我的吻在哪里？""哦，我忘了。"辛迪坐起来吻妈妈，"晚安，妈妈，我爱你。"辛迪重新躺到床上，闭上眼睛。但她的妈妈没有离开。妈妈终于说："我也爱你。"她弯下腰，在辛迪的右颊上吻了一下，说："千万别再忘了我的吻。"

许多年以后，辛迪长大了，有了孩子。她总是将自己的吻印在孩子粉红的脸颊上。

每次辛迪回家时，妈妈第一句话就会问："我的吻在哪里？"当她离家时，妈妈总要说："我爱你，你知道的，是吧？""是的，妈妈，我知道。"辛迪说。

---

**写作技巧** / Writing Skill

简单真挚的对话，使文章温馨感人：作者采用了白描的手法进行叙述，虽然文字平实无奇，但母女间的对话真挚而感人，营造了一种温情脉脉的家庭氛围，这样的文章读来情切动人。

**爱的箴言** / Loving Speaking

爱是一门艺术，需要心与心的沟通，需要默契的相互理解，更需要温馨的表达方式。简单的一句"爸爸、妈妈，我爱你们"，所有的亲情尽在其中。如果你想让亲人倾听你的心声，那么，请试着把埋在心底的话告诉他们吧。

# 我自己开门

文/佚名

"狠心"的父亲教育了我：
任何人都不可能帮助你一世，想回家，就必须自己开门。

那年，我8岁。

那晚，寒风凛凛。

已经记不清到底因为什么惹得父亲发脾气，只记得他一怒之下把我拎到了街门外面，一句话也不说就插上了门闩。

街门外，漆黑一片，什么也看不到。寒风刮到脸上，又冷又疼。

站在黑暗中，所有可怕的东西一瞬间从四面八方涌来——奶奶常讲的专吃小孩的黑狸猫，爷爷见到过的拐卖小孩的老疯人，还有村里我最害怕的屠夫。

就在我最害怕的那一刻，邻居家的狗不知为什么歇斯底里地叫起来，我"哇"的一声哭了出来。以往，不管因为什么原因遭到父亲的训斥，只要我一哭，奶奶就会护着我。我以为这次我的哭声依然能招来奶奶，让奶奶用她温暖的棉袄把我抱回去。

但是，嗓子都快哭哑了，依然没有听到奶奶的脚步声。只听到父亲的吼声："就会哭，今天没人给你开门。"

父亲的话让我明白，哭已经无济于事，如果奶奶已经被父亲说服，那么家里已经没有人敢给我开门了。

想到这里，我止住哭声，开始使劲推门。那时候街门是两扇对开的，使劲推就能推开一个小缝，伸手就能够到门闩。

我使出吃奶的力气推门，并把手伸进去，够着门闩，一点一点地挪动，也不知过了多长时间，门终于被我弄开了。

站在院子里，我看到奶奶、父亲、母亲，还有脸上流着泪的小姑。

长大以后才知道，那晚奶奶并不是没有听到我的哭声，小姑也已经走到了门后，母亲因为此事和父亲吵了起来。但父亲阻挡了所有人对我的援助，他说："让她自己开门进来。"

也正是那晚的独自开门，让我渐渐独立起来，也让我明白：任何人的帮助只能是一时而不是一世，想回家，必须自己开门。圆

---

**写作技巧** / Writing Skill

贴切的心理描写，为揭示文章主题做了适当铺垫：对于"我"在门外的恐惧，作者通过一系列生动的描写形象地表现出来，如：专吃小孩的黑狸猫、拐卖小孩的老疯人、吓人的屠夫，贴切的心理描写不仅从侧面反映了"我"的年龄特点，更为后文"我"的独立和成长做了很好的铺垫。

**爱的箴言** / Loving Speaking

母亲疼爱孩子，总是和蔼的，充满温情的。而孩子眼中的父亲，却大多是严厉的。在我们的成长岁月中，总不乏父亲的严厉说辞："自己的事自己干！""学习要有自觉性！"在这样的爱的语言中，我们渐渐长大，而严厉的父爱也脉脉汇入我们的血脉，陪伴我们的人生路程。

# 五一是几号

文/安勇

> 也许父亲的一些举动曾让我们感到尴尬，也许父亲的一些话语曾让我们感到难堪，
> 但随着时间的沉淀，父爱的光辉终将释放。

爹一共来过我的学校两次，两次都让我丢尽了脸面。

第一次，爹送我报到，走到学校门口，突然停了下来，把行李从左边的肩膀换到了右边，咳嗽一声，冲地上重重地吐了一口痰，用他山里人的嗓门儿冲我吼道："老丫头，给爹念念，这木牌子上写的是啥玩意？"我看见好多道含义复杂的目光，全都落在我和爹的身上，好像我们是怪物。这些目光烤得我脸红心跳。我跺跺脚，没理爹，逃似的跑进了校园里。爹根本没发现我已经不高兴，迈着大步，"咚咚咚"地从后面追上来。走向宿舍的一路上，爹非常兴奋，只要遇到人，不管人家理

没理他，他都扯着嗓门儿，用手指着身边的我，自豪地说我是他的老丫头，考上了这个大学。还说，我从小就是学习的材料。

最后，我实在忍不住，带着怨气喊了一声"爹"，爹却不以为然。在宿舍里，他对着同学们又介绍了我一遍。然后，爹卷起一支旱烟，心满意足地吸了两口，又补充道："俺家老丫头是个要强的孩子，这回小家伙有了大出息！"

爹第二次来是在一年前，像现在一样，正是五一节的前夕。同宿舍的姐妹们都在说"黄金周"的假期，计划着去哪里旅游。爹没敲门，"咣当"一声推开宿舍门就闯了进来，惹得姐妹们顿时一阵惊慌，慌作一团——天气热，她们都穿得很少。爹一点儿也没意识到，一进门就喊我老丫头，问我，带的山野菜吃没吃光。对我说，妈让他给我又送一袋子来。我看看姐妹们，再看看爹，脸上一阵发烧。

爹打开口袋，用他的两只大手，从袋里捧出一把把野菜，自作主张地放在姐妹们的床上，还不厌其烦地说："菜已经用盐腌好了，拿热水泡一泡，就能下饭。"

爹送完了礼物，卷了一支烟，毫不理会姐妹们捂住鼻子和嘴，坐在我床上有滋有味地吸了起来。吸了几口后，听见了姐妹们说"黄金周"

旅游的事，他站起身，问她们："黄金周是什么意思？"一个姐妹憋住笑告诉他："黄金周就是7天的长假，可以不用上课。"爹就更加纳闷儿，问："好端端的，学校干啥要放长假？"那个姐妹轻声地笑了，另有两个姐妹也笑出了声。一个姐妹忍住笑说："因为要过节——五一劳动节，所以学校才放假。"

爹又问："劳动节是什么节？"我无法忍受爹再这样问下去，抢着告诉他："劳动节就是全世界劳动者的节日，也叫五一节。"爹似乎明白了，点着头，反复念叨着劳动节，从嘴里吐出一口浓浓的烟，突然又问："劳动者是些啥人呢？谁答应让他们过节的？"爹这句话说完后，宿舍的姐妹们再也忍不住，一齐发出了响亮的笑声。爹也咧开嘴笑了笑，摸着自己的脑袋问我："老丫头，那个劳动节——五一是几号呢？"我羞愧得满脸通红，眼泪就流了下来。爹没看到我的泪水，又接着问姐妹们："旅一次游得花多少钱？"

爹离开学校五天后，我收到了他寄来的300元钱，在附言里写着"旅游"两个字。半个月后，我收到了爹的信。爹不识字，信是我的小学老师代写的。在信里，爹问我，寄的钱是不是已经收到了？爹还说：爹的老丫头和别人比，不缺啥也不少啥，人家去旅游，你也得去旅游，钱可能不太够，找便宜的地方去游吧！在信里，爹还说，他知道了"五一"是5月1号，他还知

道了，原来自己也是一个劳动者。最后，爹让我放心去旅游，不用惦念家里！在信纸的背面还写着一句话：祝老丫头劳动节快乐！我没想到，暑假回到家时，竟然看见爹瘸了一条腿。爹看见我，有些慌张，咧开嘴笑了笑，响亮地冲着屋子里喊："她妈，赶紧杀鸡，咱家老丫头回来了！"

妈告诉我，爹的腿是在崖上采山野菜时摔断的，那面崖很陡，但长的野菜很新鲜，一看就知道能卖好价钱。妈还说："你爹盼着多采些野菜，好快点还上那300元钱的债！"

爹从此再没来过我的学校。

---

**写作技巧** / Writing Skill

首尾呼应的手法，使文章增光添彩：爹两次来学校，把简单质朴的父爱体现在一次次的洋相中；爹不再来学校，把细腻感人的父爱体现在那条瘸腿上。这种首尾呼应的手法，使文章结构谨严，主题得到升华。

**爱的箴言** / Loving Speaking

在世界上，也许总有一些人不知道五一是几号，不知道一年的365天里有一天是自己的节日，因为他们从来不给自己放假。她可能是我们的母亲，他也可能是我们的父亲。正是他们，用自己所有的爱为我们撑起了一片晴朗的天空。

# 选择拯救

文/陈明聪

> 棍棒之下，未必出孝子。
> 要知道，唤醒心灵良知的不是棍棒，而是久未体悟的善念。

男孩自小便是问题少年，在家父亲打，在校老师罚。

父亲时常用"肉蒲扇"扇他嘴巴，左右开弓，直打得他鼻血飞溅，脸肿得像馒头，才罢手。母亲也不管，只是悄悄流泪。但第二天，他照样该怎么着还是怎么着。

当体罚成为家常便饭，体罚便一点用处也没有了。他变本加厉，常常极为熟练地掏父母挂在衣架上的衣服口袋里的钱，几十块到几百块，拿时连眼都不眨。他学会了偷。

直到有一天，他因父亲的一句话而改变。

　　那天，父亲出远门，下了车站还得坐一趟公交车到家。为了省两元钱，父亲步行几十里走了回来。 父亲一进门，好像累垮一般，一边躺下，一边对母亲说："为了心疼两块钱，我步行回来的。"他已成惯偷，又忍不住把手伸进爸爸挂在墙上的外套口袋。但翻来翻去，只翻出两张一元的纸币。那纸币已揉得快烂了，黑黑的，很脏。

　　平时，他偷了钱喜欢去玩网络游戏，或买爆米花什么的。但那天，他在街上逛了好几圈，始终不忍心将那两元钱花出去。

　　"为了心疼两块钱，我步行回来的。"父亲的话不断在他脑际回响，触动了他心中最柔软的一处——父亲的不易，自己的可耻。他第一次为自己的行为产生了不安、内疚和痛苦。最后他像逃跑一样地跑回家，将手心中如炭块般的两元钱重新放进父亲的衣袋里。

后来，他一次又一次地将从父母那里偷来的钱重新放回到父母的口袋中。反复几次后，他终于找回了内心善良的自己，再也没有将手伸到任何不该到达的地方。

男孩后来虽然没能飞黄腾达，但一直做着中规中矩的一介良民，而他的改变，不是源自什么拳棒的训导，而仅仅是源自两元钱的教育! 🔲

---

**写作技巧** / Writing Skill

先抑后扬的写法，给人"柳暗花明"之感：此文起初读来，总给人一种失落感——男孩的堕落实在无药可救，但读到中间，又给人一种喜悦——他最终选择了自我拯救。"两元钱的教育"，终于唤醒了他的良知，使他重新做人。

**爱的箴言** / Loving Speaking

父爱，很多时候是严厉的、难以理解的，也因此常常令我们更加强烈的叛逆。然而，当父爱显现出温柔的一面时，却是最能打动内心的。其实，不管父爱是怎样表现出来的，它自始至终都没有离开过我们的成长。

**图书在版编目（CIP）数据**

感恩父母：令中国学生感动一生的亲情颂歌／龚勋

主编．—汕头：汕头大学出版社，2012.1（2021.6重印）

ISBN 978-7-5658-0424-3

Ⅰ．①感… Ⅱ．①龚… Ⅲ．①故事－作品集－世界

Ⅳ．①I14

中国版本图书馆CIP数据核字（2012）第003280号

# 感恩父母 令中国学生感动一生的亲情颂歌

GANEN FUMU LING ZHONGGUO XUESHENG GANDONG YISHENG DE QINQING SONGGE

| | | | | |
|---|---|---|---|---|
| 总 策 划 | 邢 涛 | 印　刷 | 唐山楠萍印务有限公司 | |
| 主　编 | 龚 勋 | 开　本 | 705mm×960mm　1/16 | |
| 责任编辑 | 胡开祥 | 印　张 | 10 | |
| 责任技编 | 黄东生 | 字　数 | 150千字 | |
| 出版发行 | 汕头大学出版社 | 版　次 | 2012年1月第1版 | |
| | 广东省汕头市大学路243号 | 印　次 | 2021年6月第7次印刷 | |
| | 汕头大学校园内 | 定　价 | 34.00元 | |
| 邮政编码 | 515063 | 书　号 | ISBN 978-7-5658-0424-3 | |
| 电　话 | 0754-82904613 | | | |

··· to be continued